身辺整理、わたしのやり方

もの、お金、
家、人づき合い、
人生の後始末をしていく

曽野綾子

興陽館

はじめに——どのようにして私は整理が好きになったのか

私は子供の頃、少しもきちんと整理のできる小学生ではなかった。自分の居室で、ものを片づけることなど考えたこともない。もっとも今ほど、子供部屋にもものは多くなかったが、私の家には戦前にはお手伝いさんがいたから、適当に片づけておいてくれたのだろう。

結婚して、親の家に同居ではあったが、一応自分の小さな家庭を経営していかなくてはならなくなっても、私は駆け出しの作家生活を始めていて、いささかの原稿収入はあったものの、当時は書くだけでエネルギーを使い果たし、ほかのことに時間も気力も使えなかった。今度は母が適当に、家の中で散らかっているものを始末しておいてくれた。母は私と違って料理も裁縫も達者な人で、度の過ぎた潔癖症だと思われるくらい、掃除もゆき届いていた。

いつ頃から、私の性格が変わったのか私にはわからない。そうなったのは母が亡くなった後の、五十代のいつかだったような気がする。私は突然と言いたいほど、整理が好きになりうまくなった。

一般的に作家は、片づいていない書斎を持っているような印象を与えられている。床の上まで乱雑に積み上げられた本は、その作家の読書量の凄まじさを思わせ、その光景が雑誌のグラビアなどで紹介されれば、一種の畏敬の念を読む人に与える。しかもその乱雑な書斎の主が「どんなに散らかっていても、欲しい本はどこにあるかちゃんとわかっている」というような談話を口にすれば、いよいよその人の頭脳は神秘的に思えるものである。

私は探している本が、どの「山脈」のどこに埋もれているかてんで覚えられない。ただ左右どちらかのページのどの辺に出ていた、ということは、不思議とよく覚えている。これは私に限らず、資料を使う人たちに共通に備わっている一種独特の記憶であるようだ。

母は八十三歳で亡くなるずっと以前に脳軟化の兆候があり、それ以来少しずつ知的活動の量が落ちていた。初め私は、きりきりと頭の働く母が生きながら死んで行き、同じ顔をした亡骸《なきがら》がそのまま生きているような奇妙な感覚に苦しんだが、次第にそれは母に与えられた最後の安らぎだと思うようになった。人一倍心配性だった母は、もう少しも心配しなくなっていた。私が重大な眼の手術を受けた時も、気にかける気配は見せなかった。

そのあたりで私はやっと、母という偉大な主婦がいなくなったことも自覚したのだろう。何とかして自分一人で家を切り回して行かねばならなくなったのだと思うようになった。家の整理から食事作りまで、すべての責任が私の肩にかかって来たのだが、それは五十歳に近くなってからだから、ほんとうは甘える時間は長過ぎたのである。

その頃から、私は突然、整理魔になった。初めにははっきりしておかねばならないのは、整理魔的性格になることは、完全な整理ができるようになるということではない。私は毎日のように原稿の締め切りを抱えていたので、原稿を書くことの方をいつも優先して考えていた。と言うか、その頃から、仕事の優先順位ということをいつも考えるようになったのである。

すべてのことを同時に果たせるわけではない。だからどれから始めても、大切な順序で仕事を片づけるほかはない。家事は私の家の中のこと。しかし引き受けた原稿を書くということは、社会的な責任のうちに入る。もっともこれさえこの世の中では比較的軽い責任で、私のエッセイや小説が雑誌の締め切りに間に合わなくても、誰もほとんど困らない。ただ私の係の編集者が、やはり少しは編集長にモンクを言われて不愉快な思いをしなければならないだけである。そういうことはすべて知りながら私は一応、公的な約束が優先、家庭内のことは後回し、という順序を変えていなかった。

私は整理が、時間の短縮になるということをしみじみ自覚し始めていた。資料にほしい本の探し物だって、最低限、その本の判型、つまり雑誌か文庫か新書かということさえ記憶していれば、文庫なら文庫の棚を探せば見つかり易い。

私は時々、腰痛が出ることもあった。すると身をかがめて本の山脈の中から、お目当ての一冊を掘り出すということも、次第に辛くなって来た。さらに私は六十四歳と七十四歳で、両足首を一本ずつ折った。多分私の骨格上に生まれながらの設計ミスがあるのである。手術を受けて治っていても足首は固くなる。ますます探し物がいやになった。

老眼がかかると、別の意味で、字が見えなくて困ると嘆いている人もいる。同じようなタッパーに入れたおかずの区別がわからなくなるのだそうだ。

私は同類で分類する方法を厳重に守るようにした。お茶の類は、ポットと一緒に、同じ棚に入れる。味の違う紅茶類、ハーブティーの類、コーヒーは挽いた粉もインスタントも、とにかく同じ棚に入れておけば、探す手間がかからない。

我が家の朝食は気ままなものだ。パンにジャム、バター、チーズ、ソーセージなどを食べる日もあれば、残りのご飯を始末してしまうためにお粥にする時もある。そういう日には、佃煮の海苔、雲丹《うに》、古漬け、わさび漬け、などお粥向きのおかずが欲しい。

私はパンの日に要るものと、お粥を食べる日に欲しいものとを、それぞれ別のプラスチック・ケースに入れて、冷蔵庫にしまうことにした。今日はお粥と決めれば、お粥用のプラスチック・ケースを引きずり出せばいいのである。そうしておけば、「昆布の佃煮がどこかにあったはずよ」などと腹立たしく思いながら探しまわらなくて済む。

私は買って来た品物の整理は、すべて当日にすることにした。もちろん建前と現実は常に少しずつずれることはある。衣類の始末は、一週間も引き延ばす。服は腐らないからいいのだ、と私は言い訳を用意している。どんな時でも律儀にすることは、洗濯と、食材の始末で、決して翌日に延ばさない。とにかく残り物の野菜はスープに煮ておけば、明日、おいしく食べられる。豚肉は明日まではほうっておいて味を悪くするよりは、素早く甘口のお味噌につけておけば、数日間は、いつでもおかずの出番として安心しておいておける。

いつのまにか我が家の冷蔵庫はいつでも片づいているようになった。ドアを開けると、中のものが落ちてくるような家もあるというが、我が家の冷蔵庫はたいていいがらがらで、奥の壁が見えている。私は戦争中の貧しい暮らしを知っている世代だから、戦後間もなくだったら、こういう冷蔵庫を他人に見られたら「お宅は貧しいのね」と言われるところだと思う。

私は今、ものを捨てることにも情熱がある。

亡くなった母は、死後、寝間着代わりの浴衣とウールの着物が数枚、私が「他人にあげちゃだめよ」と言っておいた紬《つむぎ》二枚（これは自分が着るつもりだった）、帯が一、二本、病院へ行く時のための草履をたった一足だけしか残さなかった。ましなものは早々と姪や他人にあげてしまっていたからである。私は母の遺品の始末をするのに、文字通り半日しかかからなかった。それは人が世を去るに当たっての最大の礼儀のように私には思えた。

私は母のようにはとてもいかない。しかし死後にものを残さないことで、残された家族に手間をかけさせまいとする気分は、日々強い。人からもらった手紙、手書き原稿はあらかた焼いた。写真もどんどん捨てている。曾孫が「ひいおばあちゃんってどんな人だったの？」と聞いた時に、それに答える写真がほんとうは十枚もあればいいのである。

不思議なことだが、ものを手放す情熱の背後にあるのは、ものを充分に生かしたいという思いである。

時々おいしいものを贈り物としてもらう。台所の一隅に椅子があり、家人や秘書は届けられた贈り物をその上に置く。私はルールを作って、夕方までにはそれをきちんと分けるようにしている。

うちで頂くものは冷凍庫や冷蔵庫に、多すぎる分は秘書に持たせる。これをやらないと、贈り物は翌日まで包装も解かずに、そのままの姿で椅子の上に置かれたままになる。しかしすべてのものは、新しいうちに喜ぶ人の元に行くことがいいのである。それに椅子は物置台ではない、と私は言う。

人でもものでも、それが一番喜ばれる場所、生きる空間に行かせてやりたい。家の片隅に、使われもせず喜ばれもせずに放置されるなんて悲しいことに、私は耐えられない。食べ物の場合ならなおさら、新しい状態のものを人にも届けておいしいと言ってほしい。

所を得る、という言葉がある。私は数学もできず、絵を描くことも不得手、音楽の耳もなかった。

しかし文章だけは書けたから、どうにか作家として書き続けて来られた。つまり所を得させてもらったのである。

『人生の原則』

身辺整理、わたしのやり方　目次

第二章

身辺を整理して軽やかに暮らす……51

第四章
人間関係の店仕舞いをする……85

第五章

食べ物は使い切り食器は使い込む……115

第六章

家族を介護し、始末する……137

第七章
お金はきれいに使い尽くす

第八章

人はそれぞれの病気とつき合い生きる……167

第九章　死ぬときは野垂れ死にを覚悟する……183

第十章
人生の優先順位を決める……213

第一章

ものは必要な量だけあることが美しい

少しずつ始末して減らす

日記、写真など、子供がぜひ残してくれ、と言わない限り、老人と呼ばれるようになったら、少しずつ始末して死ぬことだ。ただこれが、私にはなかなかむずかしい。

衣服はもうあまり買わないようにしようと思うし、食器なども、客用のいいものをどんどん使って楽しく食事をして、もうこれ以上数を増やさないようにしようと思うのだが、旅に出てきれいなものを見るとつい欲しくなる。

こういう煩悩《ぼんのう》は切り捨てるべきだということはわかり切っているのだが、あんまり禁欲的になると生きる意欲が削《そ》がれる場合もある。

ただ全体の方向としては、減らす方向に行くべきだ、ということだけは、心に銘《めい》じておいたほうがいい。

これは私の全く個人的な目標なのだが、私は自分の写真を残すとしたら五十枚だけにしたい、と思っている。

もうすでにかなりの量を焼いた。私から見て叔父叔母は懐かしい人たちだが、その人たちの結婚式の写真なども焼いた。私の子供の時代になったら、もう会ったこともない人たちのことは——ほとんど興味を持たなくてもしかたがない、と私は思っている。

『完本　戒老録』

暮らしを少しずつ狭め、軽くして行く

料理をすることはできたら続けた方がいいけれど、花の水など、嫌になったら替えなくていい、と私は自分に言い聞かせた。段階的にまず水の重みを減らすために、花瓶を小さくすることだ。

それから花そのものを活けるのを止める。鉢植えも止める。水の要らない小さなサボテンでもよければ、それでしばらくやってみて、それさえも世話が難しくなったら止める。

別に大変なことではない。ただそういう日が必ず来るのだ、と早めに自分に言い聞かせておくことが必要だ。

しかしこれはいささか強がりであって、花の水を替えられなくなる日のことを思うと、私はずいぶん悲しいだろうと思う瞬間もあるのだ。今までのところは、

萎《しお》れた花を平気でおいておくことに、私は耐えられない。洗濯をしないとか、要らないものを片づけないことと同様、枯れた花を放置することは人間の根本の姿勢が狂って来たような気がするのである。

しかしどんなに花や木の世話が好きでも、いつまでもその幸せが続くと思うのは、虫がよすぎる。子供だって成長して親の手許を離れて行くのである。人間が高齢になって死ぬのは、多分あらゆる関係を絶つということなのである。もちろん一度に絶つのではない。分を知って、少しずつ無理がない程度に、狭《せば》め、軽くして行く。身辺整理もその一つだろう。

使ってもらえるものは一刻も早く人に上げ、自分が生きるのに基本的に必要なものだけを残す。

人とは別れて行き、植物ともサヨナラをする。それが老年の生き方だ。そうは言っても、まだ窓から木々の緑は眺められ、テレビで花も眺められる。

人とも物とも無理なく別れられるかどうかが知恵の証であろう。会うより別れる方がはるかに難しい（私の知人で、三回結婚して三回別れた男性もそう言っていた）。

種類を減らし、鉢を小さくし、水やりと植え替えがあまり要らないものにする。人とも花とも、いい離婚は経験豊かな人にしかできない。

ものとの別れを深く心にかけない

あと何回、この茶碗でご飯が食べられるか、と思うのも一つの別れである。書画骨董を楽しめる時間など、人生ではそれほど長くない。だから、あっても深く心にかけないことだし、なくても大した悲劇ではない、と思うべきなのである。

『安逸と危険の魅力』

身の回りに、気に入ったものを置く

私の生活は、さらに落ち着いてきた。

少し暮らし方もうまくなった。外出のスケジュールも立てたし、知人と骨董市を見に出かけたりもした。何も買わなかったけれど。でも昔は平気で全会場を見て廻れたのに、私は何度か椅子に座って同行者を待っていた。今、私の身の回りには、値段に関わらず、私の気に入ったもの、よく使うものが残っていて、それらは少しずつ美しく、しかもそれらにしじゅう出番を与えるためにも、もうこれ以上類似品は要らない。

冷や奴を入れるためだけに買ったヴェネツィア・ガラスの小鉢など、使う度にまだ楽しくなっている。私もこの小鉢も、共にいつかは土塊に戻る運命なのに……。

本業の方では、できるだけ人の目につかない雑誌で、と希望した連載を何本か書き続けている。集英社、幻冬舎、KADOKAWAなどの原稿が今月は入っていた。私はほんとうに狡《ずる》いのだ。

目立たない雑誌に連載すれば、毎月確実に原稿は出来上がっていくが、本になった時には、まるで書き下ろしのように見える。出版社にも読者にも、そして舞台を与えてくれた小さな雑誌にもいささかは喜んでもらえることもある。

（「私日記201」Voice 2016・10月号）

品物は一つ買ったら一つ捨てる

若い世代と同居していて、自分の所有するあらゆる使わないものを、がっちりと押入れに入れてとっておいているので、困りものにされている老人はひどく多い。一度何もかも捨ててしまったらどうか。

ものを捨てると、新しい空気の量が家の中に多くなる。それが人間を若返らせる。

ことにまだ日本が貧しかった時代に若壮年を送った人々は、もったいない、いつかいる時があるだろう、と思って、包紙、ビン、箱などを溜めておく。一つには捨てるという操作《そうさ》は、とっておくより大変なので、自然にそうなるのだが、家中に何年間も溜めたそれらの古物を始末するのに莫大《ばくだい》なお金がかかったという話をよく聞く。

一般に、品物は一つ買ったら一つ捨てるべきであろう。一つとっておいたら、古いものを一つ捨てねばならない。限られた面積に住む庶民生活の、それが道理である。

『完本　戒老録』

ものは必要な量だけ、端正にあることが美しい

年をとって来てから、私は奇妙な趣味を持つようになった。

私は充分に強欲で物質的なのだが、自分に必要で適切な量だけ、端正にあることが最も美しく見えるようになったのである。

押入れや箪笥《たんす》などには、長年の愛用品が入っているのだが、要らないものは整理して空間が残っているようにしたい、と思ったのである。


『社長の顔が見たい』

使わないものは置かない

死が近くなるとケチになるというが、私もごく自然にその気配が見えてきた。守銭奴になったというより、使わないものを置いておくのがもったいない、と感じるようになったのである。

そのもの自体の命、それを作った人たちに、申し訳なくなったのだ。

『平和とは非凡な幸運』

吸う息と吐く息との釣合いをとる

人間の体では、吸う息と、吐く息との釣合いがとれなくてはいけない。呼吸は少な過ぎてもいけないが、多過ぎるのも過呼吸という病状だという。喘息《ぜんそく》も吐く息と吸う息の釣合いがとれなくなる病状に苦しむ。

胃腸も同じである。人間は適当に食べ、適当に出さなくてはいけない。出し過ぎは下痢だが、反対に傾くと便秘になって苦しむ。

だから、私たちは適当に持ち、適当に消費し、適当に補充し、常に適当に身軽な生活をするのが賢いのだ。食べ過ぎたカロリーは贅肉になり、買い過ぎた衣類は着る機会もない。多過ぎる品物を家に置けば、人間の使える空間がつぶされてしまう。

そのバランスが崩れる場合も、時にはあるだろう。

お歳暮やお中元の品物が、デパートの倉庫のように溜まるお宅の話も聞いたことがある。財産も、使えないほど増える人もあるだろう。古着を押入れいっぱい持っている人はどこにでもいるのである。

その場合は、やはりせっせと人にあげ、有効に使うことである。

そうでないと、溜まった毒がその人の健康を冒す。多くもなく、少なくもなく、それぞれの品物を、むだにせず生かして使うことが美しい。

『悲しくて明るい場所』

自分なりのルールを決める

私に言わせれば、片づけられない方ってお金持ちです。だって、せっかく買ったバッグも衣類も食料品も、袋に入れたまま置いておくんでしょう。使わなくても大丈夫なんですね。私はケチですから、ほしくて買ったものは全部使いますけど。

キャベツの芯にいたるまでお料理して食べてしまいますよ。自分では使えないものは、他人様にさしあげたり、業者に引き取ってもらったりします。そうやって全部使い切らないと、そのものに対しても申し訳ないと考えます。

『曽野綾子の人生相談』

一日に必ず一個、何かものを捨てる

ごく最近、或る日私は、古今東西の哲学者も、これほどすばらしいことは考えつかなかったろうと思われるような偉大な知恵を思いついたのだ。それは一日に必ず一個、何かものを捨てれば、一年で三百六十五個の不要なものが片づく、ということだった。これを思いついた私は天才ではないか！と思ったのだが、まだ誰もホメてくれた人はいない。

しかし私は、毎日ではないにしても時々このことを思い出して実行している。一個でもものを捨てて生活を簡素化すれば、それだけ効果は出るはずだ。これを死ぬまで、一年でも十年でも続ければ、それだけ私の死後、遺品の始末をする人は楽になる。

『誰にも死ぬという任務がある』

さしあたり寝間着だけ残す

私は夫が亡くなってから、家の中を片づけるのが趣味になりました。ガラガラになった部屋が、いまは子猫の運動場になっています。夫には本を読む以外に趣味はありませんでしたし、生前から「後始末」を考えていましたから、片づけは楽なものです。世間には「終活」に悩まれてる方が多いようですが、ものはどんどん捨てたほうがいい。さしあたり必要な寝間着だけ、残しておけばいいのです。

それと、財産の後始末も忘れてはいけませんね。銀行の通帳を一つにまとめておくとか、亡くなってからくだらないことで揉めないように、準備しておかないと。

（週刊現代 2017・10・14／21 合併号）

身の回りのものを有効に使い切るむずかしさ

自分の身の回りのものを、ものであろうと人であろうと、有効に使い切るということはなかなかむずかしいし、手のかかることだ。

ことに今のようにものが溢れている社会では、ものの使い捨てや溜め込みが平気になっているのだから、ついでに知識も資料も才能も使い切らなくても、それは大した罪状だとは思われないのである。

そしてついでに人間そのものも、フルに生かす面倒を省くようになる。


『ほくそ笑む人々』

片づけは私の道楽のひとつ

暇な時間は、ものを捨てるのに当てる。片づけ物は私の道楽のひとつだ。死ぬまでに、私が存在したという痕跡を消すためにほとんど捨てて去りたいのだが、それは不可能だろう。

二〇一五年の日本は、多分歴史始まって以来、最高の繁栄を体験しているから、常に新しく便利なものができている。

私は怠惰で、十分に軽薄な性格だから、その楽しみも恩恵も感謝しながら受けて生きたいのだ。

『苦しみあってこそ人生』

切り捨てる技術を学ぶ

何かを捨てなければ、何かを得られない。失礼をしなければ、自分の時間がない。連載の締切にも遅れる。

年を取るということは、切り捨てる技術を学ぶことでもあろう。そしてそのことを深く悲しみ、辛《つら》く思うことであろう。ただ切り捨てることの辛さを学ぶと、切り捨てられても怒らなくなる。

『狸の幸福』

「片づけ」を一番に思う

現在の私は健康体で、ときどき、食道炎のために咳をしているくらいですが、健康そのものであっても、誰にでも死は必ず訪れます。それに向き合うとき、どんなことを思い、考えるか。私には現実問題として「片づけ」だけですね。あとのことは精神の問題なので、先ほども言いましたが「死」は子どものときから考え続けてきたので「今さら」と思っています。ただ、今さらでないのが片づけです。思っているだけではだめで、実行しなければなりません。本は増える一方です。とにかくものを減らさなければいけない。

とても、整理上手だった私の母が徹底して逝ったようにはできませんが。孫に手伝ってもらって、せめて増える一方の本を売ったりしています。

『老いのレッスンⅡ』

「捨てる」ことは大切

人生で「捨てる」ことと「遠ざかる」ことは、ほんとうに大切なのである。ことに嫌いな人、嫌われた人（自分は好きでも）から、自然に遠ざかることができれば、それは恨みではなく、爽やかな思い出に変わる。

『私日記7　飛んで行く時間は幸福の印』

第二章

身辺を整理して軽やかに暮らす

家に余計なものは置かない

原稿は数万枚焼いた。写真も数千枚断裁した。押入れいっぱいの新品は、教会のバザーに出した。陶器もあまり使わないものは、どんどん新家庭にもらってもらった。家の裏も片づけて、余計なものは一切置かない。同時に家の中にもルールを作った。「椅子、テーブル、床は物置き場に非ず」というルールである。

働きいい家に住む

今の私たちの住処《すみか》は、何しろ五十年は経っている家なのだ。外見がきれいだったり、しゃれた作りだったりする点は全くない。しかし私にとっては、今でも働きいい家なのである。階段は、設計段階でスペースとお金が不足していたので、かなり急になった。

その家がほんとうに裕福かそこそこ貧乏かの度合いは、軒の長さと階段の傾斜でわかると私は思っているのだが、その見方で言えば、我が家の階段はかなり貧困な家の基準に合致する。

私は六十四歳と七十四歳の時に、一本ずつ両方の足首を折り、爾来《じらい》、足の運動能力の柔軟さを失った。

だから「この頃、家庭用の椅子式昇降機もあるのよ」などと聞かされると、一瞬心が動くが、二階に上がるという動作がいい訓練になると思っているので、いまだにそういうものを使っていない。
どんな情況もまた、役に立てるという気力さえあれば、何かに使えるというものだろう。

『風通しのいい生き方』

六十歳あたりから老年期の準備をする

できれば、六十歳あたりから、老年期をどう過ごすかの準備をしておきたいところです。私自身は、六十四歳から十年間「日本財団」に勤めて働き通しで、老い支度をする余裕などまるでありませんでした。

もともと大整理するほどの財産は持ちあわせていませんけれど、外国で買った飾りものなどもういらないんです。それを少しずつ、身軽にしていっています。残された人に後始末の大変な思いをさせたくないんです。育てている鉢物植物は、私が死んだら、ある一日だけ門前に並べて、好きな方に持っていっていただいて、あとは捨てるように頼んでいます。

（清流　２０１１・６月号）

人も家の痕跡も軽やかに消える

夫に言わせると、私たちの家の最大の成功は、コンクリートの家を作らなかったことだという。明日にも東京に大地震が来れば、木造の家はあっさりと焼けてしまうかもしれないのだが、夫はまもなく私たちの死と共にこの家を壊す日のことを考えているのであった。今のビルは、コンクリートでも、意外と簡単に「撤去」することが可能なようになっているという。

しかしそれでもコンクリートの構造物と木造の家とでは、壊すための費用が違う。木造の家は三日もあれば跡形もなくなる。

既に私たちは、木と布と一部化繊と紙とスレートと小さな金属片だけで作った家を、約半世紀も使った。最近のプレハブの家の明るさ快適さと、何よりしゃれた細部を見て、私も時々家を建て替えたいと瞬間的に思ったことは何度もあるのだが、夫はこの古家を五十年以上使い込み、私たちの死後に倒壊寸前で壊せば、それが一番無駄でないのだという。
人の生涯と家の痕跡は、共に使い尽くして軽やかに消えるのが願わしい姿だろう。

『人間の愚かさについて』

家や家具は、古びるまで使う

家や家具は、修繕をしながら、古びるまで使います。食器類は日常的にどんどん使っています。肉筆原稿はすべて焼きましたし、手紙も写真も大部分を処分しました。免許は返上、ペットも飼うつもりはありません。冠婚葬祭も、ほとんど欠礼させていただいています。

こうしてものや義理からわが身を解放させていくと、心も軽くなっていくんです。あとは、年寄りの最大の武器である「明るさ」と「ユーモア」と「いい加減さ」を発揮して暮らせればいい。ことに、ひとつ屋根の下では、眉間にしわなど寄せた顔をつき合わせたくないものです。

（清流 2011・6月号）

「怠け者の節句働き」は効果大

私が六十歳の時、私たち夫婦はシンガポールで古いマンションを買い、そこをかなりよく使って私の東南アジアへのノスタルジアにも似た興味を満たした。

（中略）

しかし八十歳近くなると私は、そのマンションを気持ちよく保って行く元気を失った。私は家を整えておくのが好きで、それができなければ、持っていない方がいいと考える癖があった。私たちはすぐそれを売って、実に身軽に感じた。古くてもいいマンションだったが、いつまでもそれを自分のものとして使う気はない。人生の一時、私はどれほど東南アジア人としてこの地域の特性を愛したか、その思いを満足させられればそれでいいのであった。

一九七〇年代に建てられたと思われるその古いマンションの、どことなく植民地時代の名残を思わせる厚い木製の玄関のドアを最後に閉めて出た時も、私には何の感傷もなかったし、そのマンションを後から見に行きたいとも思わなかった。シンガポールにはいい思い出しかなかったが、それを失ったことが大きな損失だとは考えなかった。

「怠け者の節句働き」はしかし大きな効果を生んだ。棚が二つ、引き出しが一つ、靴や草履を入れてある棚が一段、箪笥が半棹、空になったのである。残ったものは、すべて現在稼働しているものか、特殊な日に必要なものばかりである。太った人が十キロの減量に成功したような気分であった。

若い時は持って満足する。しかし年を取って私のような性格だと、捨てることで爽快になる部分もある。私は、「私が死んだら遺族がやることを、私が今少しやっている」、という気分だった。

戸棚の整理が大切

私は結婚する時、夫に、家事をするより本を読め、と言われた。掃除、洗濯、炊事すべてを完全に済ませてから本を読もうなどと思ったら、くたびれて居眠りが出てしまう。

だから大切だと思われることからやれ、ということだ。

一方私は家事を完璧にこなしていた母の娘として育ったので、初めは掃除もせずに本を読むことに少し抵抗があった。

しかしよく人々が言う「埃では死なないからね」という言葉もほんとうだし、人生では優先順位をつけておくことが大切だとわかると、私たち夫婦の基本原則も定着したかに見えた。

しかしこういう原則はすべて時間と共に変形するものだ。後年、調べて小説を手がけるようになると、私はいつでも必要な資料を取り出せるようにしておくためには、やはり戸棚の整理が大切だ、と感じるようになった。

『自分の顔、相手の顔』

老齢になれば運転をやめる

私は八十歳になる前に運転を止めてしまった。

もともと運転は好きではなかったのだが、それまではただ必要に迫られて、やむなくやっていただけである。

免許の更新をしなかった時、私は幼稚な安心をした。これで一生涯、運転で人を殺めることだけはしないで済んだ、という幼稚な達成感だった。しかしそんなことでまだ安心はできない。

これからいよいよ老齢になると、煮え立った薬罐を落としてたまたまそこに居合わせた他人に火傷を負わせるかもしれない危険は、ますます増える。物忘れがひどくなって、空のお鍋を火から下ろすのを忘れて、自分の家から火事を出さないものでもない。私が人を殺すかもしれない可能性は、まだまだ皆無とは言い切れないのである。

あれこれ考えるのも、つまり私は、最低限、人だけは殺さなかったと言って死にたいのだろうが、それだけでも大変な幸運だ。と同時に、人を殺さないくらい、大して立派なことではないと知らなければならない。

ひとを殺さずに済むとしたら、それは私は幸運にも日本という世界一平和な庶民生活を許される国に偶然生まれ合わせたからだ。

トイレは洋式が使いやすい

少し惚《ぼ》けかけた老人でも、我が家なら暮らせるものなのだ。夜、布団から起き上がって右手の襖を開けて、左に三歩行った左側がトイレなのだ、と何十年も体で覚えている。しかし全く違う設計図で作られた建物のトイレは、どこにあるのかどうしてもわからない高齢者もいるという。

トイレの構造について言えば、老人のみならず、中年世代でも、最近は膝や大腿骨の付け根が痛んで、和式トイレを使えない人が多い。熊本市や周辺の被災地に避難所に使われた建物のトイレが、すべて腰掛け式だったらいいが、そうでないと使えない人たちがたくさんいただろう、と私は心配になって来る。

『人生の持ち時間』

枯れた草は抜き、古い茎は捨てる

私は二十年くらい前から、庭に植木や花を植えたり野菜を作ったりするのを趣味にしていますが、試行錯誤の連続でした。手間がかからないだろうとツツジを植えたら、伸びてきた枝を剪定《せんてい》しなければいい姿にならない。多年草なら数年は手抜きができるだろうと思ったら、とんでもない。丈夫な菊やベゴニアでさえ植えっぱなしではだめでした。枯れたものは抜き、古い茎は捨てて新しく用意した土に差し芽をしてやらなくてはいけない。何事にも、整理は必要なんですね。

『日本財団9年半の日々』

雨の日を家で過ごすしあわせ

時々、私は雨の日に、家で「ありがたいなあ」と呟《つぶや》く癖があった。昔は家族が「何がありがたいの？」と聞いていたが、今は耳にタコができたらしく、誰も尋ねない。つまり私は、雨の漏らない家にいられることがありがたくて仕方がないのである。

『揺れる大地に立って』

家に「空」が入りこむさわやかさ

私は家を大事に使って来た。お金のかかった数寄屋造りでもなく、芸術性に溢れた家でもなかったが、よく磨き、修理し、やたらなところに釘を打ったり、壁を絵で飾り過ぎないようにして来た。しかしこの家も、夫と私が後数年か十数年で死ねば、その務めを充分に果たす。木造家屋が、七、八十年も保ったことになるから、取り壊す時も心が軽いはずである。

それを思って私は、夫の新しい部屋を気軽に使うことにした。花瓶や飾りものは仕舞い、見やすい場所にカレンダーをかけるために鋲を打ち、夫のナイトテーブルにあった聖パウロのイコンも、テーブルの上は薬や水の置き場として必要になったので、壁に釘を打って飾った。私は以前は、壁を傷つけることを、かなり真剣に避けようとしていたのである。

しかし最近では、もう壁の傷などどうでもよかった。後せいぜいで十年、その部屋が心地よく病人を受け入れてくれれば、それでいいのである。

かつては部屋を飾ることも好きだった人間（私）が、そこからものが減って、「空《くう》」が入りこんでくるのを、快く感じる。

何という不思議な変わりようだろう。知人にその話をしたら「空き間を作ると、お金が入ってくるって言うんですよ」と慰め顔で言う。その人は入りこむのを、お金か高価なもの、つまり物資と思っているらしいが、既に私は「空」が入りこんで来て、そこを満たしたことを感じている。

このさわやかさは何ものにも換え難い。

『日本人の甘え』

空間を重視する

私が重視しているのは、空間です。大豪邸って、玄関もプールもみんな広大でしょう。本当のお金持ちは空間持ちなんです。何もない空間があると、確かに豊かな気分になりますから。だから、私は死にもの狂いでものを片づけて、空間を生み出そうとします。この方はお金持ちだけど、空間貧乏なんですね。

一時的に置いておくという方は多いでしょうが、この〝一時的〟を私は〝日暮れまで〟というルールにしています。

たとえばお中元・お歳暮のシーズンになると、我が家はいろいろなものをいただきます。それを私は、台所の隅にあるスツールに〝一時的〟に置くことにしています。椅子は本来座るところで、床は歩くところですから、ものを置いてはいけないんですが、この時だけは例外。

日暮れになったら、生もので我が家では多すぎる分は、秘書さんたちに持って帰ってもらい、缶詰の類《たぐい》は棚に、古いものが手前に来るように、きちんとしまいます。そういう処理は後回しにせず、おろそかにしません。こうしたご自分なりのルールを決めて守ると、家が広くなりますよ。

『曽野綾子の人生相談』

同じ土地に住むということ

私はさまざまな成り行きから、同じ土地に住んでいる。

葛飾に建っていた古家を移築したという大田区の家は、昭和四十年頃に建て替え、今の夫の好みで和室のない家になっている（しかし外見も内装も和風でカーテンというものが一枚もない家なので、外国人はおもしろがってくれる）。

私は東京で育ち、東京で戦争を体験し、東京で学び、東京で結婚し、東京で子育てをし、東京のマスコミの中で揉《も》まれた。

東京を憧れの土地として見ることもなかったが、東京の中で深く呼吸して、悲しみと幸福を二つながら十分に味わった。

私は東京を知っているように思う。

最近こそいささか空気が変わったが、東京についてては誰もあまり語らない。

それは、後に触れることになると思うが、東京というところは、恥じらいが深く、郷土愛などというものを持つことを照れる土地だからなのである。

『人生の選択』

一日に一つだけ解決する

　私は今、一日に一つだけ気になることを解決するのを習慣にしている。食器棚にこびりついた汚れを取るだけでも「一日一善」で、大目的を達成したようないい気分だ。

　もっとも私は本来は怠けものなので、その一善さえもだるくて嫌になることがある。すると何もしない。私は今、ブラジル国籍の女性に家事を手伝ってもらっているので、彼女に「一日一善」という言葉も教えたのだが、何もしない日には「ほら、今日はさっき昼ご飯の時、ご飯をもう一膳余計に食べたから、もう何もしないの」と言って、国語を混乱させることに一役買っている。

『人生の醍醐味』

第三章

服は持たない

鏡を家中に置く

私の知人に、六十歳を機に、家中のいたるところ十ヶ所近くに、鏡をおいたという人がいる。それくらいの年になると、もう年だから外見はどうでもいいや、という気になる。その気の緩みが、古めかしい服を着て、背中を曲げ、髪がぼさぼさでもいたし方ない、という結果を招く。

しかしそれくらいの年からこそ、人間は慎ましく努力して人間であり続けなければならない。そのためには差し当たり、姿勢を正し、髪も整え、厚化粧ではなくても、品のいい生き生きした老人でいなければならない、と思ったからこそ、その人は鏡を十枚もおいたのだろう。

『言い残された言葉』

着物は二枚だけ残す

私の母は、みごとな始末の仕方をしてこの世を去ったと思う。

もう体が不自由になって、外出もできなくなったと自分で思ったのだろうか、彼女は、死の数年前に、着物から新しい草履《ぞうり》、ハンドバッグ、ちょっとした指輪まで、全部ほしいという人にあげてしまっていた。草履は二足だけ、病院へ行く時用に残した。着物は、自分で縫ったウールの楽な外出着が数枚だけ。まともな着物は二枚しか残っていなかった。この二枚は、私が母のために沖縄から買って来た琉球紬《りゅうきゅうつむぎ》で、「これは、私が後で着るんだから、人にあげちゃだめよ」と言って母に渡したものだった。母はその約束をちゃんと覚えていて、後で背の高い私でも充分に着られるような丈《たけ》になるように裁《た》って、一応自分の着物にしていたが、ついに袖を通すことはなかった。

母は六畳にキッチンとバス・トイレがついた部屋にいたのだが、遺品を始末するのは半日だけしかかからなかった。使わなかった紙おむつ、車椅子、などもすべて寄付した。後には、ただ爽やかな日差しだけが空っぽになった部屋に残っていた。

おかしな言い方だが、母が亡くなった時、僅《わず》かばかり持っていたへそくりもちょうど尽きかけた時だった。母が一文なしになっても、私は母の生活を見て、お小遣いを用意することくらいはできたと思うのだが、母はその直前に死んだ。八十三歳だった。

財産でさえうっかり残すと、後に残された遺族は手数がかかる。何も残さないのが、最大の子供孝行だと私は感じている。

靴は十年に一度買う

目下の私の最大の関心は、家の中の品物を減らすこと、つまり店仕舞いをいかにうまくやるか、ということだけである。もちろんまだ時々、なくても済むのにと思うものも買っているが、たいていのものは「要らない」と思うブレーキが強力に働くようになった。私はそれを年取って、少しは利口になったからだ、と実はほっとしているのである。

服も死ぬまである。靴もほんとうは死ぬまであるはずなのだが、十年に一度の割りで足を折る度に〇・五ミリくらいずつサイズが大きくなったりまた元に戻ったりして、その度に買う。愚痴の種は尽きない。皿小鉢は、もう道楽の果てに恥ずかしいほどある。今のうちから少しずつ修道院で使ってもらうことを考えている。

『言い残された言葉』

要らない品々は手放す

或る年の正月に、私は急に家の中の整理を始めた。「怠け者の節句働《せっくばたら》き」とは実によく言ったものである。着物や帯、洋服そのものよりスカーフ、ショール、ハンドバッグなどの付属品で、私がもはや使わないだろう、と思う品物は何十年分も溜まっている。よくクリーニングに出していたので、不潔でもいたんでもいないのだが、六十四歳から七十四歳まで、財団に勤めたこともあって、普通の主婦ならこんなには要らないと思うほどある。

それを片づけだしたら、関西から帰って来ていた息子のお嫁さんも手伝ってくれた。

私は転勤族の妻にも娘にもなったことはなく、転居など疲れるばかりで真っ平だと思い続けていたのだが、引っ越しの時に捨てるものの判断の素早さは評価されたことがある。

シンガポールで二十年ほど使った古いマンションを引き揚げた時など、日系の引っ越し屋さんが、インド人、マレーシア人、中国人など様々な人種混合の手勢を連れてやって来てくれたのだが、ソファやテーブルやベッドなど大きなものはおいて行くという方針は決めていても、他の品物を捨てるか日本に送るかの判断は、その場でしなければならなかった。しかし私はどんなものでもほとんど一瞬で捨てるか持って帰るかを決められたのである。躊躇《ためら》うことがない。私は職人仕事が好きだから、二十年間に町で買った東南アジアの実用的な民芸品などもかなりあったのだが、東京に持って帰るかどうかの判別はあっという間に終わった。誰か私以外の人が、それを有効に使ってくれることは願ったが、私は捨てることに悲しみも辛さも感じなかった。

正月早々の「働き初め」も実に効果的に終わった。しかしもう体力がなくなっていたから、ひどく疲れはしたが……。棚や引き出しがみるみる空になるので、息子の妻は少し驚いたようだった。その決断の素早さの理由を尋ねられたが、六年ほど前になるシンガポールの引っ越しよりもっと楽にできたのは、私が自分の未来を確実に見通せるようになっていたからであった。

近年の日本のことだから、私は九十代になってもまだ生きているかもしれない。しかし九十代になったら、もう外出をする気はなくなるだろう。仮にできたとしても人迷惑だから、私はあまりしたくない。服だのハンドバッグだのというものは、外出のために要るのである。

私の計算は単純なものだった。後五年は、外出のためにそうした品々を少しはとっておこう。しかしその先の分は要らない。だから手放す。

どんな服でお棺に入るか決める

はっきりと話し合ったわけではありませんでしたが、私と夫の間には「延命治療はしない」という了解があり、他の家族もそれを知っていました。病院で、「最期にどんな治療を希望されますか」と看護婦の方に聞かれたときも、息子は「全部拒否したよ」と言っていました。輸血は最低限の量だけで、肺炎の治療薬も投与していません。

亡くなる五日ほど前でしたか、看護婦の方に、棺《ひつぎ》に入るときに着る服を用意するように、それとなく言われました。夫は背広が何より嫌いな人でしたから、いつも着ていたベージュのセーターを用意しました。最期も、お気に入りの服を着ているほうがいいと思ったのです。

八十歳、九十歳になったら、人は自分がどんな服でお棺《かん》に入るか決めておくべきでしょう。
私自身は、自分が死ぬときに着る服を、もう二十年前から準備しています。白い長い南方の服なので、もう黄ばんでいるかもしれませんが、どうせ死んだら見えないのだから構いません。

（週刊現代　２０１７・１０・１４／２１合併号）

第四章

人間関係の店仕舞いをする

年賀状を出さない

私は、もう十年くらい前から、年賀状を失礼するようになり、去年からは、正月の僅《わず》かなお客も止めてしまった。隠居の自由を楽しむことにしたのである。前章にも書いたように、少しずつ世間から引く準備でもある。

もっとも年賀状は、どうしてもその時間がないからである。暮れは私たちの仕事は、早くなる締切で、皆が殺気だっている。年賀状どころではない。ことに私のうちのように、専業の「奥さん」のいない家庭では、誰もしてくれないから、諦《あきら》める他はないのである。

『狸の幸福』

できないことを諦めて詫びる

私はいつも、自分がつぶれるほどの仕事を抱え込むのは、決して利口とはいえない、と思う。誰でも病気になれば、傍《はた》が迷惑する。

しかし自分を守れば、どこかで失礼、つまり何かを切り捨てていることになる。中年を過ぎて、老年にかかる頃になると、ことにこの選択は厳しいものになる。多少の地位もでき、つき合いの範囲も拡がっているから、人間関係も普通なら複雑になっている。と同時に持ち時間はどんどん縮まっているのを感じている。さらに自分の残り時間だけでなく、娘は間もなく嫁に行くだろうし、息子も就職すれば、地方転勤になってしまう。

親子が共に住む期間もそんなに長くはない。自分の生涯が短くなっているだけでなく、親たちの生きる時間も残り少ない。そうしたことをあれこれ思うと、焦りを感じてどれも手につかない、という人まで現れる。

諦《あきら》めることなのだ。できることとできないことがある。体力、気力の限度がある。諦めて詫びる他はない。それだけに、一瞬でも、人や家族に尽くせる瞬間があったら、それを喜んで大切にしなければならない。

人間は必ず、どこかで義理を欠いて後悔と共に生きる。


『中年以後』

盆暮れの挨拶をやめる

私の育った家庭では、お世話になった方にささやかな盆暮れのご挨拶を送ることはごくふつうのことだった。その頃になると、親戚同士で、風呂敷包みを手にした女たち（つまり母や叔母たち）がお互いの家をしきりに行き来する。叔母や伯母が持って来てくれるものは、カステラとかお砂糖とかモミガラに埋めた卵だったりして、私はおかしかった。もちろん母が持って行ったものだって、そんな程度のものだったのだろう。高価なものならいざ知らず、どこの家でも、卵やカステラくらい買うお金はある。しかしそれでも女たちは、箱を持って右往左往したのである。

結婚して、私の小説が時々雑誌に載るようになると、私は文学に関してお世話になるようになった方の所へ、少しご挨拶の品を送るようにした。外の世間を知らない私にとっては当然のことであった。夫は「そんなことはしなくていいよ」と言ったのだが、私は「でも当たり前のことじゃないの」と疑わなかった。ところがしばらくすると、私の常識は文学の世界では通らないことがわかった。つまり私は、少しいい批評をしてもらうと、すぐさっとものを送りつけてくる抜け目のない奴、とどこかで思われかけているというのであった。

私は少しショックだったが、これは一面ですばらしい解放であった。つまり私は大喜びで、以後一切の盆暮れのご挨拶をやめてしまったのである。自分では中止する決断がなかなかつかなかったけれど、人に言われて止めるなら簡単なものだ。これだけでも、私はずっと身軽な人生を送れるようになったのであった。

ついでに言うと、私はまもなく、お正月も東京にいない方がいいと思うようになった。

少し仕事をしていると、係の編集者の方の中には、正月には早々と挨拶に来なければならない、と思う人も出てくる。しかし年にたった一回ののんきな休みの時にまで、私はそんな義務感で人を縛ることはいやであった。
私は五、六年続けてわざと正月休みには、当時はまだ少し珍しかった自動車旅行をすることにした。これだけで、あのうちは正月にはいないという風評が定着する。

『悲しくて明るい場所』

少しずつ人間関係の店仕舞いをする

生活に困るようだったら、知人の冠婚葬祭は、もう無視したらいいのだ。年を重ねると、誰でも冠婚葬祭に参加する体力がなくなる。弔電さえ打つ必要はない、と私は割り切っている。

私は六十歳で年賀状を書くのを止めた。ただでさえ年末は、締め切りが繰り上がり、寝る時間も減らさなければならなくなる。若い時には耐えられた状況も、年を取るとしだいに辛くなる。それが原因で病気になったら、家族も大変、治療には税金も使うようになる。無理をすることは、逆に無礼なのである。

別に私だけの特徴ではないだろう。誰でも人間は少しずつ引退するのが自然なのだ。どんなに年を取っても前と同じように振る舞うというのは思い上がりだと私は思う。ものごとには、いつかは終わりが来る。いきなり来ることもあるが、少しずつ店仕舞いの用意をするのである。それを弱者いじめとか、高齢者の不安は政治の貧困、というふうに思う最近の風潮の方がおかしいのである。

年賀状を出さなくても、葬式に欠礼しても、高齢者に対しては、誰もが、歳のことを考えてくれる。こんな寒い時の葬儀に無理して参列してくれて、それがきっかけで風邪をひき、肺炎にでもなられると困るから、お宅で暖かくしてくださった方が安心だと思う。亡くなったという知らせはなくとも、年賀状が来なくなるということは、あの人ももう年だから自然だ、と誰もが思ってくれるのが老年のよさである。

ましてや年金暮らしかどうかくらいは誰にでも容易に想像がつくことだ。最盛期には羽振りのよかった人でも、高齢者になれば、皆お金とは無縁の静かな暮らしに入るのだ。それは別に恥でもなく、落ちぶれた証拠でもなく、憐れまれる理由でもない。むしろ静かに変わって行くのが人間というものの堂々たる姿勢だと思う。

『言い残された言葉』

つき合いたい人とつき合う

友人というものは、私の子供でもなく、親でもなく、夫でもなければ、兄弟・姉妹でもない。恋人ですらない。ということは、私は、相手から意見や感想を求められない限り、いささかでも、彼らの生き方に口を差し挟む立場にないのである。私はただひたすら外からその成功や健康を祈ればいいのである。

しかし時々、その区分を乗り越える人がいる。「あの人は評判の悪い人だから、つき合わない方がいいわよ。あなたもそういう人だと思われるから」という注意を受けたこともある。

しかし夫でも父でもなく、息子でも兄でも愛人でもない人の評判など、どうして私は気にしなければならないのだろう。その人の知り合いや友人だから、ということで、私もその人と同類だと思うような単純な人なら、むしろ私はそちらの方の人とつき合わない方が無難なのではないだろうか。私は世間の誤解や雑音を覚悟の上で、つき合いたい人とつき合って来た。人生はすべてのことに代価を払わなければならない。それが強い個性のある友人を持てた第一の秘訣ではないかと思う。

『悲しくて明るい場所』

ダメになった人間関係を深く悲しまない

人間関係ほど、難しいものはありません。どんな人でも、必ず誰かに好かれ、誰かに嫌われている。できたら誰にも嫌われないほうがいいけれど、現実はそういうものでしょう。

私は友人に恵まれて、独身時代からずっと続いている友だちもいれば、六十を過ぎてから知り合って、ほんとうにいい友だちになった人もいます。でも、長くつき合っているうちにダメになる場合もありました。

私は長い人生で二人から「あなたとは、もうつき合わない」と、はっきり言われたんです。別に何か決定的な出来事があったわけではなく、たぶん温度差のようなものが生まれたんでしょうね。

しかも私のほうから絶交したわけではないので、私は仕方なく受け入れることにしました。

心ならずも結果的にそうなったら、それとなく相手から遠ざかり、相手の気分を悪くしないほうがいいでしょう。そして、私はあまりそのことを深く悲しまないようにしてきました。

自分に変なところがあるのはよくわかっていますから、それを許してくださる方と許してくださらない方とがあって、許してくださる人と、感謝しておつき合いしていくほかはないんですね。それが自然ではないかと思っています。

家族と少数の友人だけは、長い年月かかって、あるがままの自分を認めてくれる。だから貴重な存在なんですね。

友達とは、静かに死んで別れて行きたい

私たちは相手を完全に理解することなくつき合い、心の奥底までをわからないままに死んで行く。その虚しさを、私は最近、自然で優しい関係だと思うようになったのだ。

友達とつき合う時、だから、深く相手のことを考えず、相手の望むことだけをしようと思う。そして最期まで相手を深く恨んだり、相手の迷惑も考えずに深く愛したりせず、静かに無言で死んで別れて行きたいと思う。

それができれば、多分私の生涯は、成功だったのではないかとさえ思うのである。

『生きる姿勢』

予定を立てない

この秋から冬にかけて、私は生活をすっかり変えてしまった。恐らくただの老衰だと思うが、夫がやたら転び易くなって、その度に体力が衰えたからである。それに備えて、私は家中を整理した。

まず私自身の生活を変えた。講演や座談会など外へ行く仕事を全部止めた。全く出ないわけではないが、予定を立ててそれを守らねばならない暮らしはやめて、約束はいつ断っても許してもらえる私的なものだけにした。

私は少しも感傷的ではなかった。人間のすべてのことは、いつかは終焉が来る。私は子供の時から毎日死を考えるような性格だったし、小説を書くことだけが好きだったで、おしゃれをして外出し、あまり知らない人たちと社交をすることはむしろ苦痛だった。旅は好きだったが、すでにもう自分でもよく行ったと思うほど、世界の僻地へ行った。私は何度もアフリカの大地に立てたことを深く感謝している。五十二歳の時、サハラを縦断できただけで、途方もない贅沢ができたと感じている。怒濤荒れ狂う冬の太平洋は知らないのだが、贅沢で退屈なクルーズ船ではない貨物船の暮らしも知った。私はもう充分に多彩な体験をした、と自分では思っている。それが私の納得と感謝の種だ。つまり「もういい」のである。

食事の心配をすることで老化を防ぐ

私は高齢者が自分の気に入った施設に入って三度の食事を自分では作らなくて済むようになることを、長年の夢とし、家事からの解放を楽しむことを一概に悪いとは言わない。健康状態が家事労働に耐えられなくなったらすべての人がそうするより仕方がない。自分ではできると思っていても、ぼけて火を使われることは危険で困る、と周囲が危惧を覚えるような状態になることもある。しかし人間をも含むすべての動物は、最後まで歯を食いしばって自分で餌の調達をすることがむしろ自然だろう。そして私のような性格は、おそらく食事のことを心配しなくてよくなったら、急速に老化が早まるだろう、と思うのである。

『晩年の美学を求めて』

六十歳でたくさんのものから撤退する

六十歳の還暦という区切りはなかなかいいもので、私はその年でたくさんのものから撤退した。私は当時はまだ、体力はかなりあるつもりだったけれど、生きて人間らしく働ける人生の持ち時間がたくさんあると過信できる年ではない。だから、義理を欠くことにしたのである。

これは「物書き」のようなやくざな世界だからできることで、もっとまともな、礼儀正しい世界でお暮しの方たちには、ほんとうにむずかしいことだろう、と推測している。もともと私が出版記念会とか、受賞祝賀会とか、お誕生会とかにほとんど行かなかったのは、昔から人中に出るのが怖い、という一種の病的な恐怖症があったからで、決して欠席通知を出した人が嫌いだからではなかった。私は親しい友達もたくさんいて、よく知っている仲の人たちと数人で細々と会うことは大好きなのだが、いわゆる社交というものが苦手だったのである。

しかし私のように性格が悪いのではなくても、年を取ると肉体的に外出がむずかしくなる人がたくさんいる。免疫力がなくなっていたり、歩くのに不自由を感じたり、血圧が高かったりする。ことに血圧が高い人など、見かけは元気はつらつだから、登山もできそうに見えることが多い。

その手の私の友人の一人と、或る寒い日に電話で話していると、「今日はこれから出掛けなければならないのよ」と言う。思わず「どこへ⁉」と言ったのは、どこへだってこんな日に行かなければいいのに、あなたももう充分に年寄りなのよ、という思いからであった。よく聞くと、お葬式なのだという。

亡くなった人とは会ったこともないのだが、その奥さんとはお稽古事で親しい仲で、「偲ぶ会をホテルでやりますから、ほんのちょっとでもいいからお顔を出してくださらない？　中は暖かいし少しごちそうもありますから」と言われてしまったのだという。

この手のしがらみに、老人は弱い。私は平気で義理を欠くが、たいていの人は優しいからそれができない。できないだけに、そういうお誘いは、拷問のように残酷な場合もある。知人の葬式に行って風邪をひき、死なないまでも後で寝込んだという例をよく聞く。

「むりして、来ないでね」という言葉が言える人間関係がほんとうに優しいのだ、と私は思うが、義理を欠くくらいなら死んだ方がましだと思う人も世間にはいるのだということも承知している。

肩書きでのつき合いは長続きしない

私にとって友情を構築するのに必要だったのは、その人が見栄っ張りでなく、権力主義者でもなかったことだ。こういう選択肢は、我ながら簡単なものだと思うことがある。自分がつき合っている人を人に紹介する時、すぐ肩書が問題になったり、ハンドバッグのブランドが気になったり、あの人のご親戚はなんとか大臣だから言葉遣いに注意しなければならない、などと思う人とは長続きしなかったはずである。

ところがそれをよく個人的な人間関係だと間違える人がいる。自分が一つの団体の代表である場合に、親友のように親しくしてくれた人は、人間として友人になってくれたのだと思うらしいが、はたから見ているとその人がポストを失うとつき合いもなくなるケースが実に多い。相手は自分を一人の人間として見ているのではなく、組織の代表としてつき合っていただけだから、自分が組織から離れたら、もはやつき合いの相手ではなくなるのである。

その点、幼馴染みとか、同じ村に住んでいたとか、スポーツクラブで知り合って話をするようになった人とかは、つき合いも長く続く。性格や趣味、共有する個人の歴史の上で、どこか一つ確実に一致する点があったからである。

一人でも遊べる習慣を作る

男の兄弟がなかった私は、結婚して息子を持ってから初めて、男たちの遊びは女と違うことを発見した。

女は映画一つ見るにも、お茶を飲みに行くにも、友だちを誘いたがる。一人で芝居を見ても食事をしてもおもしろくない、という。

ところが男たちは、誰がいなかろうと、自分のために、映画を見に行き、酒を飲みに行く。息子は、同じ映画を見るのに、わざわざ父親と別の日を選ぶのがおもしろかった。十代の終わりにもなれば、父親と連れだって歩いているところを友だちに見られたくないのだろうし、映画を見るのが目的であれば、傍に人がいないほうが集中できるのであろう。

日本の女がある時期まで、ことに一人遊びが下手だったのは、社会的な背景によるものであった。直接、家庭生活に必要のないことに、家族をおいて一人で出歩くなどというのは、むしろ反社会的なことであったろうし、女がさまざまなことから身を守るためには、常にだれかと一緒のほうが都合がよかった。

しかし、それは本来の意味において少々女性的である。本当にその対象に興味をもてば、一人でうちこむものである。恋愛や、情事を、友だちと連れ立ってする者はいまい。畑をする時、私はたとえ友人といても一人であることを思う。

一人で遊べる習慣を作ることである。

年をとると、友人も一人一人減っていく。いても、どこか体が悪くなったりして、共に遊べる人は減ってしまう。誰はいなくとも、ある日、見知らぬ町を一人で見に行くような孤独に強い人間になっていなければならない。

人生の『舞踏会の手帖』をやる

最近、冗談半分で『舞踏会の手帖』をやりたいなどと思っています。戦前のフランス映画で、未亡人となった主人公が、かつて舞踏会でダンスに誘ってくれた数人の男性を訪ねて歩くというストーリーです。私の場合、若いときに踊りに誘ってくれた男性ではないのですが、何かの折、会いたかった人にちょっと足を伸ばして会っておこうと思うようになりました。実際にはまだ何もしていませんが……。

映画の『舞踏会の手帖』では、歳月を経て再会すると、相手は昔思ったほど、素敵ではない。会ってみると、そんなものかもしれません。それでも会って、それとなくお世話になったお礼を言ったりして、私にとっての人生の『舞踏会の手帖』をやっておくのもいいかなと思うのです。

『老いのレッスンII』

「身を引く」というのは、最高にさわやか

ものごとすべてに限度があると思います。

私は若いときからずいぶん旅行をしましたが、いつも「ここにくるのは最後かもしれない」と思って旅をしてきました。会いたいと思っていた人に会えないのもそれはそれでいいのでしょう。きっと会えないほうが良かったのです。だいたい私は「身を引く」ということが好きです、恋愛でもなんでも。それも、さり気なく、ユーモラスにできると一番いいですね。それとなく、お邪魔にならないように消えていくというのは、最高にさわやかですから。

『老いのレッスンII』

何か一つを捨てなければ、一つを得られない

「よくよく話しました。家内は再婚だったんですが、そのことを後悔するようだったら、自分と結婚しない方がいい、と何度も言ったんです。でも僕はよく考えて、別に自分の子供は持たなくてもいい、と考えたんです。

家内は信仰の厚い人ですから、僕と結婚しなくても、穏やかな生活を保って行けるとは思いましたが、僕といる方がしあわせだと言ったんで、僕はそれを信じることにしたんです」

大槻さんはそれ以上は言われませんでした。しかしその短い表現の中に、私は人間の選択というものの重さを考えていました。人間はいつだって、何か一つを捨てなければ、一つを得られないのです。


『ブリューゲルの家族』

年を取って頑張り過ぎない

私は二〇一四年の秋あたりから、かなりはっきり生活のテンポを変えた。まず講演をやめた。

体力が衰えてきているし、家の整理もしたい。しかし毎日料理はしたいし、一生仲のよかった人たちに、これからも手料理の御飯くらいは我が家の台所のテーブルで気楽に食べてほしい。

しかしつき合いの範囲は縮めることにした。

もともと友人はそれなりにいるが、私の交際範囲は昔から決まっていた。善悪ではなくて、私の性格が偏っているから、つき合える人と、それが難しい人とがはっきりしている。

だからこれは大した「整理」ではない。ただ親しい人とのつき合いも、時々義理は欠くことにした。お礼状など律儀に書く体力がなくなってきたのである。その代わり機会があったら、長年会わなかった人ともそれとなく会って、現世でお世話になった感謝をしておきたい。とはいっても改まってそんなことを口にしたら、みんな挨拶に困るだろうから、それとなくがいい。

とまあそんな暮らし方になった。

年を取って頑張り過ぎるのも醜いし、怠け過ぎるのも困る。頑張り過ぎるのは端から見ていても辛いし、怠け過ぎるとすぐ自分自身の身の回りのことさえできなくなって、人困らせの状態になるから、この辺の調節がむずかしい。


『老境の美徳』

第五章

食べ物は使い切り
食器は使い込む

小説と料理があると一生退屈しない

思索的な生活をしている人が、私と友達の話を聞いていて呆れたように言った。

「あなたたちは、朝ご飯を食べ終わらないうちから、もう昼ご飯の話をしてるのね。よくそんなことが考えられるわね」

すると食通の私の友達が言い返す。

「あら、私なんか朝ご飯食べたすぐ後で、その日の昼と夜と、翌日の朝、昼、夜のご飯のこと考えてるわよ」

少し冗談で誇張はあるにしても、そこのうちは一家揃っておいしいもの好きである。私はと言えば、この年になってから、急に料理をするのが好きになったので、いっそう食いしん坊に拍車がかかった。しかしそれは別に料理がうまくなったということではない。ただ作るのが早くなっただけだ。

早くなったということは、明らかに手抜きもしているということである。昔も今も、私は何かあると「ああこれをしないで済ます法はないかなあ」とまず思う癖がある。この本質的な怠け癖に加えて年のせいで、すべてのことを楽にやりたい、という情熱に取りつかれるようになった。だから台所を、やたらと片づける。ただただ、探しものをするのがいやさに整理をするのである。

だが、小説と料理があると、一生退屈しないで済むな、という気はしている。前にも書いたと思うけれど、老人料理というものを考えるのも、なかなかおもしろいのである。

『安逸と危険の魅力』

食べ物を多くは必要としない

それにしても人生は皮肉なものだ。豊かになればなるほどいい、というものではない。人間の体は一定の量しか、食べ物を必要としない。しかも年を取るほど、量は要らなくなる。人間は長寿になればなるほど、理性的に食料を適切に減らして行くことを覚えなければならないのである。

食べ物だけではない。人間にはすべて必要とされる「物質」の限度がある。一日に食べる食物の量、家の広さ、適切な衣服の枚数など、お金持ちであろうと貧乏な人であろうと、ほんとうは違いはないのである。もちろん、社交をしなければならないような人たちは、それなりに衣服の枚数も多く要るだろう。接客のための特別の部屋も必要であろう。しかしそれは健康の基本と関係があるものではなく、それ以上の社会的意味合いのためである。

『七歳のパイロット』

食器は使い込む

私は生活は簡素な方がいい、などと言いながら、つい食器だけは少しいいものので食べたくなる、というビョウキを持っている。とは言ってもケチなので、割ると番町皿屋敷のような思いになる高いものも使いたくない。

すると茶道の教養のある知人が言った。

「まあ、ほどほどに上等、という陶器をお買いになって、かわいがってよく使い込まれることですよ。五十年百年はあっというまに経ちますから、お孫さんの時代にはいい味が出て骨董になります」

孫が食い詰めたら、そこでお売りなさい、という親心も秘かに含まれているのだろう、と私は察しながら畏《かしこ》まって、聞いていた。

骨董を買うのではなく、作る方法である。

陶器は色も変わらない筈だ、と思っているが、その人によると、使い込むと陶器自身に味が出て来る。

つまり見た目にも時間の重みがつく、というのである。いかにも東洋的な考え方のようでもあるが、西洋の骨董でも同じような時代の推移を感じることがある。

好きな食器なら、自然によく使うから、そこで好ましい変化もはっきり見えるのだろう。

料理からものを棄てないことを学ぶ

私が突然、家の整理や料理に熱心になり出したのはどうしてなのか、いつからなのかはっきりしない。私は自分が料理ができる性格だということを発見したのだ。メジャー・カップなどを使わなくても、砂糖や塩の量を味見などしなくてもぴたりとわかる。もっともそんな人は、十人に三人くらいはいるのであろう。そういう感覚は、鳥や虫の本能と同じようなものなのではないか、と思う。

料理を始めてから、私はものを棄てないことを同時に学んだ。

セロリや人参やゴボウでキンピラを作る時、皮ごと使うのを教えてくれたのも同級生である。

それまでは、すべて皮というものは棄てるものだと思いこんでいた。

（「昼寝するお化け」週刊ポスト 2008・10・17）

煮魚とおからをおいしくつくるコツ

我が家にある、あまり上等とは言いかねる海苔が、色も悪くなり香りも失せてしまうと、私はすぐ佃煮にした。自家製の海苔の佃煮は、それなりになかなかパンチが利いておいしいものであった。

私は煮魚を作るのも好きになった。私の料理は、東京の京橋八丁堀で育った父の好みで、上方風の薄味ではない。

子沢山の家では、おかずの味をやや濃くして、少しのお惣菜でたくさんのご飯が食べられるようになっている。私はそうした庶民感覚も好きであった。

煮魚はむずかしいという人もいるが、私は煮魚くらい楽なものはないと思う。煮汁の味を調えて魚を入れ、落とし蓋をして十分も待てば自然にできるのだから、こんな楽なものはないのである。

私は煮魚をすると、後ですぐおから炒りを作った。

葱やゴボウや人参を細かく切って、揚げ油として数回使ったことのある古い油で炒める。この古油を使うのがこつだ、ということは、或る民宿の奥さんに教えられたものであった。料理学校など行かなくても「おいしいですねえ」と褒めれば、たいていの人がすぐに秘伝を教えてくれるのが我が日本人の美点である。

おからの味つけには必ず魚の煮汁を使った。

おからを作るために、煮魚をしたのではないかというような気がすることもあった。おからは両手で持てないくらいの量が、五十円くらいである。安くて完全栄養でおいしくて、こんないいものはない。

（「昼寝するお化け」週刊ポスト 2008・10・17）

料理はもっとも奥の深い道楽

私の知る限りで、退職後に始めてもっとも奥が深く、しかも日常的に役に立つ道楽は、料理であろう、と思われる。料理というものは、創造的総合芸術であり、段取りの必要な総合作業なのである。だから料理を続ける限り、頭はよく使うことになる。

自分で食物の調理のできない人は、以前どんなに偉い地位にいようと、まず生きる資格がない動物である。

エサを工面できない野生動物はまず死に絶える他はないのだから。自分がやっていた以前の仕事に比べれば、料理など取るに足りないものであって、従って定年後もやらなくて同然だと思う人がいたら、まずやってみることだ。料理は総合的かつ創造的作業能力を必要とするものだから、かつての社長にも、次官にも、長と名のつくあらゆる人にも、生半可な自信ではできはしないのである。
ましてや私のように五分か十分あれば立派に食べられる「手抜き料理」を作る才能などあるわけはない。

『老いの僥倖』

家で料理を作れば、安心なものができる

一人暮らしでない限り、総じて家で料理をすれば、すべてが安く、おいしく作れる。防腐剤も入っていない。

二・四パーセントの物価の値上げくらい、はっきり言って才覚次第で、いくらでもカバーできる。マーケットに行けば、「今日のお買い得」がたいていあるから、それを調理する方法さえ知っていればいいのである。

私の同級生は、つまり私と同様もう若くはないのだが、ご主人を亡くした後生活を心配してくれる息子たちに言っていると言うのだ。

「とにかく、うまくやれば、絶対に暮らせるのよ。無駄にしないからゴミまで減るでしょう。残りものの野菜でスープは作るし、お魚はあらがごちそうだし、残った果物はフルーツ・ポンチにするの。ご飯の残りはおじやや焼き飯にして

楽しむし、何が二・四パーセントよ。とにかく家で作れば、安くて、すばらしい栄養で、安心なものができるの」
私もこのゲリラ戦術に百パーセント賛成なのである。

（「昼寝するお化け」週刊ポスト2008・10・17）

自分で買い物をして料理をつくることが最良のぼけ防止

私がぼけを防ぐ最良の方法と思うのは、自分で買い物をして料理を作ることである。家計簿は昔からつけたことがないし、税金の申告もうまくできないので専門家に任せきりだが、買い物と料理は、できるだけ自分でやる。理由の九十パーセントは自分自身が食いしん坊だからか、料理というものは、かなり総合的に頭脳を使う。殊に私の場合残り物をおいしく使ったり、時々新しい料理を開発しようとしているので、同じことの繰り返しでもない。歯のない人、糖尿病の人、腎臓が悪い人などにも適した料理を、いつも心の中である程度作れるようにしておくことなどが一種の興味として定着している。料理は、食材を買って値段を覚える、手先の運動、手順の訓練、冷蔵庫の中のものを記憶する、などでけっこう複雑な頭脳訓練になるのである。

『晩年の美学を求めて』

冷蔵庫の中身を覚える効用

何よりのぼけ防止策は本当は家事をやることである。家事というもののはほんとうに大変だ。殊に私のように古い家に住んでいると、絶えず気を配って破損個所を修理していなくてはならない。壊れるだけでなく汚くもなるから、張り替え、取り替え、そのための職人さんとの交渉も結構手がかかる。

他にもゴミは何時までに出す。お昼までにミルクと鶏肉とキャベツを買いに行き、今日は天気がいいからまな板を陽に干すことにしよう。午後は買って来た吊るしの服のカフスのボタンの位置を直し、夕方には水撒きをして……などと考えると仕事の手順には際限がない。

冷蔵庫の中身を覚えることは、機能の悪いコンピューターくらいの精度は要る。古いものから食べる、買ってあったものをうまく使えるように記憶する、容器や道具をあるべき場所におく、などということだけでも、ぼけない前からできない人がいるのだ。老年になってそれができたら大したものだ、と私は思っている。

そんなことはくだらない仕事だ。人間がみみっちいから考えることだ、などと言う人もいるだろう。しかし世間（の主に男たち）はこんな実益を兼ねたぼけ防止策をなかなか実行しないのである。

料理は盛りつけ方で変わる

有田焼の商売をしている知人が来て、最近の窯元の不況は深刻だという。とにかく陶器が売れない。

皆がおかずを買って来て、プラスチックの容器のまま食べて、洗いもせずに捨てる傾向も影響しているという。

私はそういう生活がかなり嫌いだ。お金がなくても楽しく暮らす方途は知っているつもりだが、紙皿を毎日使って平気という神経は、どんなに財産があっても貧しい暮らしだ。

のらぼうの煮びたしだって、盛りつけ方によっては春の野山を感じられる。

『私日記6　食べても食べても減らない菜っ葉』

ごはんは誰かと一緒に食べると身体にいい

とにかく、私は自然でいいと思っています。

その代わり、日々のごはんだけは手を抜きません。贅沢しているわけではないんですよ。ひじきや大根の煮もの、若芽のお味噌汁。昔ながらのお惣菜が私には薬なのです。

それから、もっと身体にいいのは、誰かと一緒に食べること。私はしじゅう、気楽に友人を家に呼んでお昼ごはんをご一緒することがあります。

家が汚いとかご馳走がなくてお恥ずかしいなんて思わないことです。どこのお宅だって似たようなものですよ。

私など我が家の狭《せま》い台所にお通しししています。そうすれば目の前で作って熱いうちにサッと出せるでしょう。手間もかからず、お互い気兼ねもない。

炊《た》きたてのごはんに、お味噌汁と糠《ぬか》づけ、サンマの塩焼きはおいしいですからね。たとえば十一時半に集合して二時までなどと決めて、その間はしゃべって笑って、それでお開きにします。これが老年を楽しく元気に過ごすコツですね。

『歳をとるのは面白い』

料理はゲーム

私はひと箱二百七十八円の佃煮を大事に残さず食べ切ったところです。牛乳一本でも、安いところを知っていて、その店で買います。冷蔵庫の中のものはたいてい把握していて、食べ残しのハムがあれば、野菜室にあるじゃがいもやアスパラ、トマトなんかでオムレツを作ったり、スープを作ったりします。

それが私の趣味なんです。こういう料理を作れると思うとおもしろくてしかたがありません。お金の使い方の趣味でもありますけどね。ふだんは十円や百円を惜しみつつ、もし人を助けるときがあれば一万円なり十万円なりを出せる人間でいたいですから。

『曽野綾子の人生相談』

一つの漉し器を幾通りにも使う

最近私の家では、夫があまり食べなくなったので、時々好きなリンゴ・ジュースを作るようになった。皮を剥《む》いて卸し金で卸し、私はテンプラの時に出るあげかすを掬《すく》う網で漉す。しかし若い人が作ってくれると大変だ。卸したリンゴは、急須でお茶を淹れる時の袋に入れて搾るとよくジュースが出るという。たしかにそうだが、我が家には、お茶を淹れる袋など置いていない。一つの漉し器を幾通りにも使う。それが才覚というものなのだ。

昔の日本の家には、だからがらんとした静謐があった。ものが少なかったのである。すり鉢でごま和え用のごまを潰し、とろろ芋も摺り、時にはピーナッツも細かく砕いた。しかし私もまた、あの重いすり鉢を嫌い、母が亡くなるといち早く捨ててしまった。

『歳をとるのは面白い』

料理は男も女と同じようにできるべき

料理についても、私は男も女と同じようにできるべきだと思う。料理人は、多くの場合、女の仕事であっていい。しかし、我が家の息子に言わせれば、インスタント・ラーメンでさえ、本当においしく食べるには、自分で煮るしかないという。なぜなら、メンの煮上りの微妙な軟さ、硬さは、その人の好みであり、なかなか口で説明し難い。息子の好みを、自分の好みの如くよく知っていて、いつでも理想的な状態を作ってくれる母親もいないことはなかろうが、母親と一生暮らすことを前提にするのは不気味である。料理ができない男女は、それだけで、餌のとれないライオンに近く、人間の条件からはずれそうになっている、と考えるべきである。

『人びとの中の私』

第六章

家族を介護し、始末する

夫の後始末をする

今月は月半ばに、暁子さん（太郎の妻）が来てくれてうちに泊まったので、遺言ではないけれど、私たちの死んだ後の話ものんきにした。私はお墓などどうでもいいのだが、朱門の父母と私の母も入っているお墓が既にあるし、将来お墓を見られないというなら、きちんと墓じまいをして、墓地を明け渡し、お骨は「相模湾に捨ててけっこうよ」と言っておいた。私が毎日眺めて、心から愛した海だし、こんな艶やかな夕映えの中に消えて行けるのは、贅沢な限りなのだ。

家の中もかなり整理したし、残っているものを始末するのが、今や私の暇つぶし、道楽になっている。郵便局の通帳もお金を下ろして、一冊の銀行通帳に集めた。知人で死後、郵便局や銀行の通帳が何冊も出て来て、遺族が苦労した話を聞いていたからだ。朱門のネクタイも箱に数十本入れてしまってあるのを、十本ほど残して、どなたかにもらってもらうことにした。まず暁子さんが、もしかすると太郎が使うかもしれないものを数本選んだ。

朱門は昔、ファッションデザイナーになろうと思った時代があったように、着るものには少し煩《うるさ》い。病人の今でも、ズボンのベルトや靴下の色が合わないと、自分でよろよろと立って取り替えに行く。昔は、背広を一着新調すると、必ず自分で二本、それに合うネクタイを買いに行った。私も時々、外国の空港で朱門用のネクタイを買うこともあったが、初めは、私の買うものなど、つまらなくて使えない、と言っていたが、そのうちにだんだん私も色目をわかるようになってきて、危険なバランスの冒険をできるようになった。

そんなことで溜まったネクタイも、もらってもらう人にお願いするときの台詞は私の中でもう決まっている。

「どうせ時々、担々麺食べに行って、ネクタイにお汁をひっかけて汚すでしょう？　サラリーマンにとって、ネクタイは消耗品でしょうから、いくら換えがあってもいいでしょう」と言うのだ。

私のアクセサリーも使える人に早々とあげてしまう。本だけがまだ手付かず。私が死ねば、ユダヤ教の『タルムード』など、けっこう高価な本を誰か本当に使う人の手に渡したい。これはタルムードの原本自体が完成していないらしいので、「全巻揃っています」というわけではないが、どういうところがいいのだろうか。

七月九日には、チャド以来お知り合いのシスター・有薗順子とシスター・平静代が来てくださって、うちで簡単な夕食を食べてくださった。我が家の庭に背の高い百合が生えているが、それはシスター・平によれば、奄美の特産だという。どんな花が咲くのか、聞きたいのだが、夕暮れの中で百合は黙して語らない。

七月十二日には、京都の渡邉隆夫氏にお誘われして、旧知の人々が集まった。どんな贅沢より、おもしろい人に会うことが現世における最高の楽しみ、と思っているひとは私の周囲に多い。私はその点、最高の豊かさに包まれて生きた。

（「私日記201」Voice 2016・10月号）

老々介護という姿

三浦は一年ほど前から、九十歳という年相応に体が衰え、現在、私は「夫の介護をしている」と世間には言っています。

実は私自身、体力がなくなってきたので、まず講演や対談に出るのを原則としてやめました。家にいてサービスのよくない介護人を務め、その傍ら、書く時間は十分にあるので、昔からの仕事であった著述業だけは変わらず続けています。

この老々介護という姿は、これから社会で大きな問題になるでしょう。

『夫婦のルール』

親子関係は人間を鍛えてくれる

人間関係というのは、のっぴきならない状態で始まるものなのである。親子の関係もそうだ。娘や息子も、親を選んで生まれて来たわけではない。同様に親も、服を買う時のように好みの赤ん坊を選ぶわけではない。

それを思うと、親子の関係というものは、実に複雑な状況を与えて、人間を鍛えてくれる。

『人間関係』

老人介護は手抜きがいい

老人介護のいい加減は主に手抜きを指す。

しかしそれが結果的に見ると最上の方法になっている場合も多い。私の狡《ずる》さは、逃げ道、すなわち長続きをいち早く発見したことだ。

やろうと思うこと、やるべきことでも、嫌になったりくたびれたら止める方が自然なのである。それを完璧にやろうとすると、介護人は追いつめられくたびれ果ててすぐに投げ出すことになる。

むしろ介護人は怠《なま》け者の方がいい。精神において、厳密の美に陶酔するより、怠けが好きという自覚があった方がいい。

怠け者はそもそも働くのが嫌だから自分を追いつめないのである。まあこんなところでしょうがないよね、といつも自分と相手に言い聞かせてしまう。怠け者は自分の中の不完全性を許す世の中が、それでも何とか動いていくことの現実を知っている。だから思い上がったり追いつめられたりする気分にならないのである。

『夫の後始末』

最期を迎える老人の心は柔軟である

年取った人たちが望むことを、私もまた当事者としてよく理解できるようになった。私たちの父母たちの最期を見ても、誰も大して手厚い看護や介護を望んだのではない。多くの年寄りは、自分の立場をよく理解していた。だから飢えない程度の食事、不潔と言われない程度に体をきれいにしておく介護ができれば誰も文句は言わない。

とすれば、言葉などよくできなくても、介護は誰でもいいのではないか。というか優しい心根を持った人がいつも身近にいて、他愛のない会話を交わしたり、共に庭の小鳥をおもしろがったり、孫のような外国人の介護士さんに、「おばあちゃんはどうしてそう聞き分けがないんだろうねえ」と嘆かれたりしながら、人生の時を共に過ごしてもらえばいいのである。

『人間にとって成熟とは何か』

人は中年から老年にかけてさまざまなものを失う

昼寝から目覚めた時の私は、時間の経過もよく分からない。藍《あい》色の暗い気配の中にいて、私は自分が自覚しているよりも、ゆうに二十年は経《た》っているのに、そのことに気がついていない老人なのだ、と思う時がある。

つまり目覚めた瞬間、私はいつも寝ぼけているので、まだ若くて家族も皆生きているように錯覚しているが、実はもうみんな死に絶えていて、夕方そうして私が目を覚ましても、もうこの家の中には誰一人いないのだ、ということも分からないような老人なのだ、と思う。

もちろん数分のうちに、私はそのような思いのほうが錯覚で、現実の私はまだ温かい家族と共にいるのだと確認するのだが、その幻想があまりにもリアルなので、その虚しさが身にこたえ、私は昼寝をしたくないと思うくらいなのである。もし私がもっとほんとうに年を取ったら、昼寝から目覚めた瞬間だけはまだ家族が生きているように思えるというので、そのためだけにも昼寝をしようと思うようになるのかもしれない。

中年から老年にかけて人間はさまざまのものを失って行くが、そこに実はほんとうの人間としての闘いがあるのではないだろうか、と私はこの頃考えるようになった。

『心に迫るパウロの言葉』

死んだあとはなるようにしかならない

夫婦では、どちらが先に逝ってもいいように、ふだんから心理的な予行演習をしているのです。日常のいろいろな場面で、「もし相手が死んでここにいなかったら」と思うようにしています。玄関先で見送るときや、食事を作っていてふと、「これを食べる人がいなくなったらどうだろうか」と、そんなことをいやになるほど考えました。

しかし、いざ現実に直面したときには、そんな予行演習も実際にはなんの役にも立たないかもしれません。いずれにしてもなるようにしかならない。

『老いのレッスンⅡ』

親子は順を追って立ち去っていく

七十歳に近い友人は、まだ活動的だが、充分に親孝行をして、思い残しはない。
親子が親子としての関係を味わい尽くして、順を追って立ち去って行く。

『至福の境地』

第七章

お金はきれいに使い尽くす

老年になるとお金にもものにも執着が少なくなる

老年になると、老い先も短いのだから、お金にもものにも執着が少なくなるものだと思う。今の私にははっきりとその兆候が見えるようになっている。もちろんお金も好きだし、きれいな陶器でご飯を食べることも楽しいのだが、それとても、多くは要らなくなった。出歩く体力がなくなったから、お金も昔ほどは必要でないのである。外出の機会が減ると、新しい服も買わないだけでなく、九年半財団に勤めていた時代に仕事上必要だったスーツさえ不要になった。それで着てくれるという人に全部あげてしまったら、洋服ダンスががらがらになった。この空間がまた極めて爽快なのである。

『人生の持ち時間』

貯金をきれいに使い尽くす

母の死後、母の私物を整理するのに、私はたった半日しかかからなかった。寝巻くらいしか残っていなかったのである。私たち夫婦は、親たちの身の回りのことをするための費用を出すことを重荷と感じたことはなかったが、母はおかしいほど律儀に、自分の貯金をきれいに使い尽くした時に死んだ。

私は相続のために、署名一つハンコ一つ、書いたり押したりする必要がなかった。こういう子供孝行な親、というのも本当に珍しいと思う。

『狸の幸福』

老後のお金の計算違い

この頃、新聞というものを取らない家庭が多いというのだが、私には信じられない。けちな話だが、新聞くらい安くて、長時間読めて、知的資料としても娯楽としても、吸収するものの多いものはない。

たとえば二〇〇七年二月十五日の或る全国紙だが、私にほとんど一日考え続けさせるほどの刺激を与えてくれたのである。

まず投書欄であった。無職で八十五歳の女性の投書である。私は書くことを職業として五十三年間生きて来たのだが、八十五歳になってもまだ、新聞に投稿するだけの元気があるかどうかは極めて疑問だから、この方の生命力にまず尊崇の念を覚えたのはほんとうである。

この方の生活設計は実に着実である。七十三歳まで現役だった、というからには、規模の大小は別として、経営者でいらしたのだろうか。厚生年金だけの生活になる前に、将来足になるはずの自転車や衣服までも買い調えた、という。ここまで用意周到に生きる人は珍しい、と言うべきだろう。

ことに私が惹かれたのは自転車を買ったという点だった。

私も一応自転車には乗れるのだが、運動神経がないから、恐ろしくて一般道路を走る気にはならない。どんな土地にお暮しかわからないけれど、自転車を移動手段に使う賢さも勇気も私にはないことを考えると、肉体的にもすばらしい女性である。

ところがこういう方にも、計算違いはあった。

バブルが弾けると、年金の額が減ったのである。しかも介護保険を払わねばならなくなった。

老後の愉しみとしては、趣味も小旅行もあり、その費用は、「シルバーで働いた収入で賄《まかな》って来た」と書かれているが、「体力の衰えを感じると、いつまで続くかわからない」と思うようになった。

八十五歳なら、当然のことだろう。

「消費を促すニュースを見ても、気持ちは滅入るばかり。各種公共料金をきちんと払い、まじめに生きる弱者をこれ以上不安にさせないでほしい」というのがその投書の締めくくりである。

『言い残された言葉』

老後の暮らしはお金と相談する

自分の最期を考えておかなくてはなりません。子供を当てにしてはいけないし、子供が先に死ぬこともあります。「どうにか頑張って一人で暮らします」と言っても、できない場合もありますから。私は、その時はお金と相談のうえで施設に入れてもらうつもりです。

今、知り合いが長期療養病棟に入っています。もう意識はありません。お嫁さんがみているので、参考のために入院費を率直に聞いたら、毎月、十万五千円から十一万円の間で、「お義母さんの年金から払えます」と話していました。おむつ代やお嫁さんが病院に通う費用なども年金で賄えるそうです。

そういうお金がなければ、路頭に迷う覚悟をする。今、経済的に不安がなかったとしても、それが長く続く保証はありませんし、明日、自分の身に何が起こるかわかりません。今日は歩けて、おしゃべりができて、ご飯が食べられたけれど、明日は口が利けなくなるかもしれないし、目が見えなくなるかもしれない。明日の保証はない、と覚悟する。これは老年の身だしなみです。

常に過去にあった、いいこと、楽しかったことをよく記憶しておいて、いつもその実感とともに生きればいい。これだけ、おもしろい人生を送ったのだから、もういつ死んでもいい、ということです。そして、まともな祈りができない時には、「今日まで、ありがとうございました」と、たった一言、神への感謝だけはすることにしています。

そうやって、一日一日、心の帳尻を合わせておくと、いつどういう変化に襲われても、やんわり受け入れられそうな気がします。

お金がない人は、才覚で楽しむ

昔は、お金がなかったらほとんど何もできなかったのでしょうが、この頃は、自治体の催しや企業のイベントなどで、無料で音楽を聴けたり絵画を観ることができたりするチャンスが増えてきました。シニア割引も大いに利用し、いろいろ好きなものを探して、積極的に楽しむといい。

もし、本を買うお金がないのなら、図書館で借りるか、古本屋で安く買う。そこは、その人の知恵の問題、才覚です。

そして、必要なお金がないのであれば、旅行も観劇もきっぱり諦める。何かを得る時は対価を払う、という原則を思い出さなくてはいけません。それができないときは、したくても我慢し、諦め、平然としていることです。

老年は、一つ一つ、できないことを諦め、捨てていく時代なんです。

執着や俗念と闘って、人間の運命を静かに享受するということは、理性とも勇気とも密接な関係があるはずです。諦めとか禁欲とかいう行為は、晩年を迎えた人間にとって、すばらしく高度な精神の課題だと私は思うのです。

『老いの才覚』

人間が必要とするお金は多分わずか

別荘もヨットも自動車も、経営に手間と時間と金がかかり、宝石は当節危険でつけて歩けない。ブランドものの洋服を着るより、スタイルがいい方がどれだけ美しいかわからないのが現実だし、そんな美容の手を入れても、人間の加齢による変化を止めることはできない。

年間百億円くらいは使えと言われると、私は困ってしまう。人間が必要とするものは、多分実にわずかな金額なのだ。そして多くの時間は、精神的な分野に使うことで満たされるものだから、そんなに金は要らないのである。

長生きができるようになったのだから、せめて七、八十歳になるまでに、こうした人生の実情を明確に見据えている人になっていたい。

その上で、自分はどんな個性的な贅沢をしたいのか、改めて決めるべきだろう。年を取っても金の使い方にその人独特の選択が見えない人は侘しい限りである。

『不幸は人生の財産』

お金は使うためにある

ちょっとだけ好きなことができる程度のお金がある状態というのが最高なのだ。ステーキが好きな人は、時々上等のステーキを買って来て食べられるほどの収入。旅行が好きな人は、年に二度くらい行きたい場所に小旅行ができる程度の小金。そうしたものは確実に幸福の条件になる。しかしくれぐれも、お金のことで人に憎しみを持ったり、他人は皆自分にたかりに来るだけだ、などという被害妄想に陥らぬ程度の資産の持ち主であるのがいい。

お金は使うためにある。そんな分かり切ったことを、ほんとうは言わなくてもいいはずなのだけれど、なぜか溜めるのが趣味みたいな人があちこちにいる。溜めるということは単純に体にもよくない。呼吸という運動の中で、空気を吐き出せなくなると、それも一つの病気である。食べたものが出なくなると、それは便秘で腸癌の原因になる。お金もうまく使うことができなくなると、毒が廻って守銭奴になり下がる。お金は使うことが健全なのだ。しかし何にどう使うのが健全だと、まともに言えないところがむずかしいのである。

『安逸と危険の魅力』

夫のへそくりの使い方

夫が亡くなって四ヶ月ほど経ったころ、彼の書棚を整理していたら、折りたたまれた一万円札が十二枚出てきました。急に物入りになったときのための、へそくりだったのでしょう。いい加減な人ですから、おカネを置いていたことを忘れていたんでしょうね。

最初はこの十二万円で、お世話になった方を招いて美味しい中華でも食べようか、なんて考えていました。でもちょうどその日、ホームセンターで一匹の子猫と出会ったんです。スコティッシュフォールドという種類で、一応血統書付きだそうですが、雑種みたいな普通の茶色い猫です。

へそくりで子猫を買ったなんて知ったら、夫は怒ってみせるでしょうけれど、私は案外いい使い途だったんじゃないかと思っています。

（週刊現代 2017・10・14／21 合併号）

思いのままにできることはこの世にはない

どんな境遇の人でも、思いのままにできるということは、この世にないのである。それは、人間共通の運命である。金がなければ誰も旅はできない。旅ができない、という悲しみもまた人生の実感なのである。資本主義ではなく、社会主義、共産主義の世の中になったら、金がなくても旅は自由にできるか、というとそうではないようである。金がなければ旅ができないことは同じだし、他のさまざまな制約が自由主義国では許される筈の人間の移動の自由をうばっている。実に、好きな時に、金さえあれば、誰でも好きな所へ行けるということだけでも、我々が得ている自由は大きいのである。金がないからいけない、というのは、何という大きな不合理だ、と歎くことはない。誰もが、何かを得ていないのが、この世の姿である。

『辛うじて「私」である日々』

第八章

人はそれぞれの病気とつき合い生きる

健康診断は受けない

高齢者は、めいめいで自分の幕の引き方を、自分の好みで決めておくことが大切だろうと思う。私自身は、安楽死も願わない。誰かを積極的に自分の死に立ち合わせることは、気の毒だと考えるからである。しかし私は、もうかなり前から健康診断を受けていない。がんだと言われても、よほど治療の可能性が、簡単な治療で期待できるのでなければ、多分手術も受けない。優秀な医師の時間を、高齢者が奪うのは罪悪だ、と考えるからだ。

私の目下の趣味的な愉しみは、どうしたらできるだけ病院に行かず、したがって健康保険さえも使わないで生きるか、ということなのだ。ところが、健康診断など受けずに自分勝手な生き方をしている人ほど長寿だと読んで、これも困ったことだと当惑している。

『想定外の老年』

不自然な延命を試みる医療は受けない

私は幸運なことに内臓が丈夫なので、医療機関にかからなくて済んでいる。しかし私の年頃では、毎週二度三度と、お医者通いを仕事にしている人はかなり多い。

それはその人たちにとって、いい運動であり気晴らしなのである。そこで電気を掛けたりリハビリの運動をしたり、顔見知りに会って帰りにおそば屋に寄り、楽しくお喋《しゃべ》りをしながら食事をしたりする。その人にとって社会がまだ失われていない証拠だ。もしこの状態が続けば、私は毎年、五十万円の寄付をして、体の弱い人を助けていることになる。

出したお金が、意味のないことに流用されてしまうこともあるというが、この日本国家の組織を利用した後期高齢者の健康保険は、まあまあそれを必要としている人に回されているのだろう、と私は思いたい。医療機関と製薬会社が結託して、不必要な薬に莫大な金を使っている、という話はよく聞く。インフルエンザの予防ワクチンなど、効くわけがない、自分は一切予防接種など受けない、という医師もいる。

しかしとにかく普通の病人は、病気に罹《かか》ったら、医師にかかりたい。その希望を叶えるのが、文化国家の最低の条件である。

それでも私はこのごろ違うことを考えるのだ。老人は自ら納得し、自分の責任において、或る年になったら、自然死を選ぶという選択がそろそろ普通に感じられる時代になっている。これは自殺ではない。

ただ不自然な延命を試みる医療は受けない、ということだ。そして万物が、生まれて、生きて、再び死ぬという与えられた運命をごく自然に納得して従うということは、端正で気持ちのいい推移なのである。

それには、いつも言うことだが、その人の、それまでの生が濃密に満ち足りていなければならない。思い残しがあってはならず、自分の辿《たど》った道を「ひとのせい」にして恨んではならない。人は老齢になるに従って、具合の悪いことを他人のせいにしがちだ。

死ぬまで人生の舵を取る主は自分だったと思える人は、或る時、その人生を敢然と手放せるはずである。

『誰にも死ぬという任務がある』

「もういつ死んでもいい老後」を決める

私たち夫婦はずっと以前から自分たちの老後の生き方について、一部はっきりと決めていた。一部と言うのは、全部は人間の力では到底《とうてい》決めかねるからである。たとえば死ぬ時期だが、それは神仏の定める領域である。

「健康な老人」は非常に恵まれた状態にいるのだが、それでも若い時と違って、思う通りの境地を生きられるものではない。だから老人は誰もがもっと謙虚に自分の衰えを予測して、目が見えなくなった時、片足が動かなくなった時、手の指が使えなくなった時、とそれぞれにどう自分が対処するかを、考えられる限り決めておくべきなのだ。

まだ中年の頃、私は尊敬する老医師から、人間の最期に臨んでやってはいけないことを三つ教えられたことがあった。

・点滴乃至《ないし》は胃瘻《いろう》によって延命すること。
・気管切開をすること。
・酸素吸入。

若い人が事故で重体に陥ったような場合は、もちろんあらゆる手段を使って、生命維持を試み、それを回復に繋げるべきだが、老人がいつまでも点滴で生き続けられるものではない。また気管切開をすると最期に肉親と一言二言話をするという貴重な機会まで奪うことになるから絶対に止めた方がいい、と私は教えられたのだ。

何歳からを「もういつ死んでもいい老後」と決めるかは、自分で決定するほかはないと私は思うのだが、私たち夫婦は、老後は、一切生き延びるための積極的健康診断も、手術などの治療も、点滴などの延命のための処置も受けないことに決めていた。現実に思い返してみると、私は六十歳くらいから、癌《がん》などの早期発見のためのレントゲン検査を全く受けていない。それでも私は既に八十代の半ばまで、特に重い病気もせずに生きて来たのだ。私の知人の医師たちは、「レントゲン検査を受けなかっただけでも、長生きしますよ」と私をからかう。

しかし医療行為を自発的に受けないからと言って、私たちは自暴自棄的な生活をするつもりはなかった。私は自然にできる限りで、家族の食事に気を配り、睡眠、仕事、生きる意欲すべてに、前向きであるように仕向けているつもりだった。レントゲン検査を受けなくなったのも、いろいろな素人向きの本を読んで、「たとえ微弱なものにせよ、被曝せずに済めば、その方がいい」ように思ったからである。

老人にありがちな薬の依存症もよくないことは、はっきり知っていた。薬というものがあるとすれば、それは毎日の食事と食材にある、と私は考えていた。だから東京の家の庭にわずかばかりの菜っ葉を生やして、間引き菜《まびな》をお浸しにして食べるような暮らしをして来ている。夫は私と違って薬大好き人間で、毎朝サプリメントを飲むが、大きなビタミン剤などは、私がかってに半分に切って飲ませている。すべてないよりまし程度でいいのが、老後の生活なのである。

体の少々の不調はあきらめて付き合っていく

その人に合った命の長さがある。ですから私は、六十歳以降は健康診断というものは一切受けていないんです。わざわざ病気を探し出して治そうとは思わないのです。

ただ病院へ行くことはあるんですよ。あるとき、ものすごく身体がだるいので近所のお医者さんにかかったら、軽い膠原病《こうげんびょう》の診断を受けました。

こんなことを言ったら同じ病気で苦しむ方には失礼かもしれませんが、私にとって膠原病はいい病気でした。なにしろ「薬はない、医者もいない、一生治りません、でもすぐには死にません」とのことです。

ですから、少々の不調はあきらめてつき合っていくしかないと思っています。そう考えれば気がラクです。これが「名医が一人鹿児島にいます」なんて言われでもしたら大変です。なんとか診て頂くのに、予約を取って鹿児島まで行かなきゃなりませんからね。

集中治療室は残酷極まりないもの

集中治療室というのは、看護する側の都合だけを考えて作ったものである。あそこでは肉体だけを生かして、精神を生かすことは全く考えていない。誰かがかつて一度ああいう空間を創出したら、誰もそうしたご都合主義の設備に疑問を抱かなくなった。世界中でどれだけ大勢の歴代の医師があの部屋に係わったか知れないのに、柔順な人たちばかりである。あの部屋は患者にとっては残酷極まりないものなのではないか、という疑問を提出しなかったのか、病院側が人間を「もの」と心得ていて、訴えを一切聞かなかったかのどちらかである。

私は意識が残っているうちは、ああいう部屋に入りたくない。最期の数日なら、なおさら家族との会話が惜しみなくできる部屋で、今日はどんな陽がさし、どんな風が吹いているか、せめて見える場所にいたい。

『それぞれの山頂物語』

老いという病気ではない運命に従う

しかし、私自身、何もしないで遊んでいていいと言われたら、現実のところ、少しも幸福ではありません。

私は今、家を片づけ、料理をし、老いという病気ではない運命に従っている夫の手助けをし、そのような形で何とか生きていることで、実は自分の存在する場を見つけているわけです。これからは、死ぬまで働いてくださいと言われなくても、そうせざるを得ないのが日本の現状になるでしょう。国民は政府の悪口を言いますが、むしろそれは過酷なことではなく、最期の日まで他人のお役に立つという目的を与えられている幸福を得ていることなのです。

『夫婦のルール』

人は病いとともに生きる

人は皆、多かれ少なかれ、それぞれの病と共に人生を生きて普通なのだ。むしろ健康しか知らない人より、私たちは病気によって精神の陰影を与えられ、それによって少しはまともになる、という場合が多いのだ。

『この世に恋して』

書くことで、最低の人間を保つ

夫を最期に入院させたのは、強力な酸素吸入の設備がないと、肺炎で保《も》たなかったためで、それまでは、私はずっと夫を家でみていた。

考えてみると、ちょうど一年二、三ヶ月の間になるが、一人の人を、大体は本人の希望の線にそって見送れたことを、私はよかったのだろうと思っている。その間に、私は少し疲れていたことは、夫の死後自覚したが、その時はごく普通の暮らしだった。

私は夫のベッドの傍らで、ライティング・ボードを使って書いたりもした。六十年以上書き続けて来たので、いつのまにか私にとって、書くということは、呼吸をするのと同じようなものになっていた。

早朝に夫が息を引き取ったその夜遅くにも、私は短時間コンピューターに向かい、このような晩にさえ書かねばならないものがあるから、私は平静でいられるのだと思った。
人は平静なら書けると言う。私の場合自覚は少し違った。書くことで、私は最低の人間を保っていられた。

『人生の醍醐味』

第九章

死ぬときは
野垂れ死にを覚悟する

何もかもきれいに跡形もなく消える

私たち夫婦は、これまでの肉筆原稿もすべて焼いてしまいました。文学館とか自分の胸像とか建てたがる人がいますが、私にはなぜ、そんなに世間に覚えていてもらいたいのか全然わからない。

どんなに無理をしても、死者は忘れられるものですからね。

句碑、歌碑、文学碑は、景色の邪魔になります。

文学館は、後で必ずと言っていいくらい赤字経営になり、地元に苦労をかけます。

夫も私も、そういうことにいささかも興味がありません。

私は、死んだ後のことは何一つ望まない。

自分の葬式も必要ないと思っているくらいです。

肉体が消えてなくなったのを機に、ぱたりと一切の存在がなくなるようにしてほしい。

何もかもきれいに跡形もなく消えるのが、死者のこの世に対する最高の折り目正しさだと思っているからです。

『老いの才覚』

失うことに準備する

人は一度に死ぬのではない。機能が少しずつ死んでいるのである。それは健康との訣別でもある。

別れに馴れることは容易なことではない。いつも別れは心が締めつけられる。今まで歩けた人が歩けなくなり、今まで見えていた眼が見えなくなり、今まで聞こえていた耳が聞こえなくなっている。そして若い時と違ってそれらの症状は、再び回復するというものではない。

だから、中年を過ぎたら、私たちはいつもいつも失うことに対して準備をし続けていなければならないのだ。失う準備というのは、準備して失わないようにする、ということではない。失うことを受け入れる、という準備態勢を作っておくのである。

『中年以後』

老年の衰えは、一つの「贈り物」

人間の心身は段階的に死ぬのである。だから人の死は、突然襲うものではなく、五十代くらいから徐々に始まる、緩やかな変化の過程の結果である。

客観的な体力の衰え、機能の減少には、もっと積極的な利益も伴う。多分人間は自然に、もうこれ以上生きている方が辛い、生きていなくてもいい、もう充分生きた、と思うようになるのだろう。これ以上に人間的な「納得」というものはない。だから老年の衰えは、一つの「贈り物」の要素を持つのである。

『誰にも死ぬという任務がある』

死んだ後のことは何一つ望まない

死んだ後のことを私は何一つ望まない。死んだ後はきれいさっぱり忘れられるのがいいのである。長い間この世で「お騒がせ」して来たので、いい意味でも悪い意味でも「追悼号」などということを考えて下さる出版社が、どこか一社くらいはあるかもしれない。

しかし追悼文などというものは、誰も書きたくないものではないか、と思う。第一、忙しい人の労力をそんなことで費やすのは私の望みではないし、雑誌のページを追悼のためなどに割くのももったいない。間違った記憶を頼って褒められるのも貶《けな》されるのも、どちらも虚しいような気がする。

私の住んでいた家は壊して整地し、ビルか駐車場の用地に売ってしまう。そうすればそこには何も経緯を知らない人の、過去とはまったく切り離された新しい生活の営みが始まる。私はむしろそれが見たい。

初七日も一周忌も、生き残っている人には迷惑なだけだからする必要はまったくない。肉体が消えてなくなったのを機に、要するにぱたりと一切の存在が消えてなくなるようにしてほしい。考えてみると、人から忘れ去られる、というのは実に祝福に満ちた爽やかな結末である。

地球上が銅像や記念館だらけになったら、それはむしろ荒廃を意味するからだ。

そんなふうに思えるのは、多分これでも私の信仰のおかげだったのかな、と思う。よく祈り、神に忠実だったという記憶はほとんどないけれど、神はいないと否定した日もなかった。

自分の行為を正確に覚えているのは、もちろん私でもなく、ましてや他人でもなく、神ただ一人ということを真理と思うよりほかない、と考えて来られたのである。神でなければ、人間の心の中は決してほんとうにはわからない。

私の好きなエルビス・プレスリーの聖歌に「神のみに知られた《ノウン・オンリー・トゥ・ヒム》」というのが

ある。私たちがこの世で愛した人たちもいずれはすべて死ぬ。心を覗いていてくれたのは、神だけでいいのである。

『近ごろ好きな言葉』

墓は自分の名乗っていた家の墓でなくてもいい

墓は別に自分の名乗っていた家の墓でなくてはいけないこともないということなのだ。

人間は、生前、動物的な素朴な感情として、自分が生まれ育った土地に葬られたいという気持ちを持つことはよくわかる。しかし災害地の場合、たとえ被災地全体が土砂に埋まろうとも、村のすべての家が津波にさらわれた後であろうとも、そこは紛れもない自分の故郷の大地であり、海なのだ。

だから私は家族に言うだろう。「この村全体が私のお墓なの、この海全体が墓地になったのよ」と。

『人間の愚かさについて』

消えて行くことは美しい

死後自分の家屋敷や遺産を利用して、記念文学館を建ててほしい、という遺書を残す作家がいるが、これも人困らせである。その邸宅がすばらしい建築で、土地も眺望のいい場所だったりすると、市は今は遺贈を歓迎するかもしれない。しかし同じ運命が待ち受ける。年々歳々、入館者は減り、文学館の建物には毎年維持費と人件費が掛かり、市の財政を圧迫する。こうした人迷惑は、その当人が自分は偉大な作家だと勘違いをするところから始まるのである。その人の残照が残るとしても、ほんの数年だけだ。

しかし消えて行くことの美は完璧だ。もし残るとしたら、作品の力だけなのである。ルーブル美術館の大階段の踊り場におかれた「ニケ（勝利）」の巨大な羽をもつ躍動的なトルソは、作者名もわからないが、永遠の生命力で今も見る人を圧倒する。名は残らないが美は残るのだ。
稀代の殺人鬼やテロリストだったという名を残さずにこの世を去ることができただけで、私の生涯は大成功なのである。そういう意味で、私も私の友人も、多分ほとんどの人が、人生の成功者になれるのである。

『誰にも死ぬという任務がある』

死ぬということは、新しいものを生み出すこと

死ぬということは、いいことなんです。畑仕事をしていると、それがよくわかります。間引きによって生命を失った個体のおかげで、残った葉っぱがすくすくと育つ。死は新しい生につながっていく。新しいものを生み出すことでもあるんです。

『夫婦のルール』

寿命に関してだけは、深く考えない

人は自分の力だけでは生きられない。自分が生かされている国家と社会の状況、それに家族の愛が必要だ。

深い感謝は別として、私は寿命に関してだけは、深く考えないことにしている。この世には自分で動かし難いことが多くて、私たちは自分の生を時の流れや運に任せる他はない。命の期限もその一つである。もちろん長寿は希望した方がいいし、健康に留意もするが、希望や努力は結果と完全には結びつかない。初めから願いは叶って当然と思わないことに、私は自分を馴らそうとして来た。

『酔狂に生きる』

寿命が来て死ぬのが一番美しい

間もなく団塊の世代が老人になって、それでも死なないでいると、どんなに国にお金があっても介護する人手がなくなる。そうすると老人世代を人為的に始末しなければならなくなる……私は今、そんなテーマの小説を書いているところです。しかし、その小説の中でも、死ぬ義務を全うする「人間」であり続ける人はいるでしょうね。

だからといって、私は自殺しようと思っているわけではありません。それどころか健康的な粗食を自分で作って、病気をしないで生きていようと思っています。それに今はまだ少しは人のためにも働ける。そうしたことができなくなった時に寿命が来て死ぬ。それが一番美しいんじゃないですか。

（週刊ポスト２０１６・２・１２）

死ぬ覚悟を持つ

先日、或る高齢の医師と話し合っていたら、最近目立つのは、高齢者が勉強不足だという点だという。高校か、大学か、とにかく勉強を終えてから、もう何十年と経っている。その間、確かに人生経験は増えたろう。多くの人に会っているのも事実だ。しかしその割には、本も読まず、ものを考えるということもせず、老年は呑気に暮らせばいいと甘えた考えをしている年寄りが多いのだ、と彼は言う。

驚くのは、自分が死ぬとは思っていないらしい老人もいるのだという。政府がもっと医療福祉に力を注ぎ、難病が治るような新薬が開発されれば、まるで死ななくて済むほど長生きができる、と漠然と考えている高齢者が恐ろしく増えたのだという。

しかしどんなに医療設備がよくなっても、必ず人はいつか死ぬ。その基本的なことを認識させるような老人の勉強会が必要なのだ、とその人が言うのがおかしかった。

私が毎年のように行っているアフリカの諸国は貧しいから、どんなに年が若くても「病気になれば死ぬ」と誰もが覚悟している。医師にもかかれず薬も買えないからだ。

まず国家が、健康保険などという経済的組織力を持っていない。貧しい人は、診断書を書いてもらうにも、注射一本打ってもらうにも、その都度自費で払わなければならない。また仮にお金があっても、抗生物質など手に入りにくい国もたくさんある。そういう国には、コレラも出れば、細菌性の下痢疾患なども日常的にあるから、抗生物質がなければ死ぬことも多いのである。

長年、食べるのに事欠くこともなく、一応満ち足りた生活を叶えてもらいながら、日本の老人の中には、知恵にも覚悟にも欠ける人が出てきているというのは皮肉な結果である。一時期、「生涯教育」という言葉や概念がはやったが、最近は改めて「老人教育」が必要になったと感じている人もいるらしいというのはおもしろい現象だ。

『不運を幸運に変える力』

死ぬときは皆、野垂れ死に

確かなものはないのです。前に言ったことと矛盾するようですが、備えがあっても憂いはあります。自分たちはできる限り備えたつもりでも、いつ何が起こるかわからない。自分はいくつまで生きるかもわからない。すべてを予測して備えるなどということはできないのです。

もし私が、長生きしすぎて一文なしになったら、あらゆる知人や周囲の人にタカります。そして冷たくあしらわれて、どうにもならなかったら、その時は野垂れ死にを覚悟するしかない。家でも、病院に入っても、絶対に楽に死ねるという保証はありません。死ぬ時は皆、野垂れ死にに近いと私は思いますが、野垂れ死にを決意しさえすれば、怖いものはなくなるはずです。

『老いの才覚』

自然の寿命を大切にする

私自身、長生きは必ずしも社会と自分にとっていいものではないとも思い始めていた。仮に思考が奪われた老後の自分を考えると、生き続けるのはそれほど望ましいものではなかったし、一人の老人が長生きすれば、確実にそれだけ若い世代に回すべき健康保険の費用を使うことにもなる。だからと言って「老人は早く死ぬべきだ」などと私は一度も思ったこともないし、書いたこともない。しかし自然の寿命を大切にして、自然に健康的な生活をすることにすれば、それがもっとも明るい生き方だろう。

『夫の後始末』

自分を「始末」する

そろそろこちらの体力も時間も限界に来ている。思いを果たせずに終わりを迎えることもあるだろう。しかし一言、「あの時はありがとうございました」と感謝を伝える時間があれば、私の一生も少しは跡を濁さずに済むかもしれない。

「始末」という言葉を、私も実に恐れげもなく使ってきた。しかし始めと終わりの意味で括《くく》られた一語で、人生の重さと変化をかくも明確に言い表している言葉に、私の知る限りのほんの少数の外国語の単語では、まだ出会ったことがない。

日本語の字引では、「始末」は捨てることとの意味で取り上げられている場合が多いが、初めがあったらからこそ終わりにも巡り会ったのだ。

『老いの僥倖』

人間の死後に対する扱い方

母が死んだとき、この従兄は真っ先にやってきた。母はすでに八十三歳だったから決して若くもなく、突然の死でもなかった。だから誰もあわてなかったのかもしれないが、この従兄はすでにお棺に入っていた母を見るなり、「もったいねえなぁ」と言ったのである。私が「何が」と尋ねると、「こんな立派なお棺に入れちゃって。これだけの木を僕にくれれば、いい箪笥《たんす》を作るのになあ」と言ったのである。これらはいかにも彼らしい言葉だったので、お棺の中に納まっていた母も決して驚かず、笑ったに違いないと思うのだが、この従兄は徹底した科学的な物の考え方をする人であった。彼に言わせれば、人間が死んで、それを燃やすなどというのは、とんでもない地球温暖化規制に反する行為だというのである。第一に、そのために木を燃してしまう。お金がある人ほど立派な分厚いお棺を燃やすわけだから、それだけ木材も使い、燃料も使うことになる。

「人間は死んだら然るべき工場に運んで、全部分解すりゃいいんだよ」というのが彼の意見であった。骨はカルシウムになるし、あとはアミノ酸だか何だか知らないけれど、立派に肥料として使えるというのである。

「ナチスの強制収容所じゃないんだ。きちんと医療を受けて、家族に愛されて息を引き取ったあとの人間は、そこでもう一度お役に立てればいいんだ。今のやり方は違っているよ」と彼は言っていたが、この人間の死後に対する扱い方はまだあまり変わる傾向にない。最近、海に流す散骨葬という風習があって、それはそれなりにいいと思うし、私は火葬には大賛成である。感染症の蔓延《まんえん》を防ぐし、土葬と違って場所を取らない。

六十を過ぎたら、そろそろ死に支度をする

私は六十を過ぎた頃から、そろそろ死ぬ支度に、ものを減らそうと考えた。まず数日がかりで写真を数百枚、手書きの原稿を数万枚焼いた。人家のまばらな土地で焼いたのだが、煙で喉がおかしくなってしまった。

それ以来、新品で使わなくて済むものはすぐバザーに出す。使わないものは、もらってくださる方があれば、すぐお願いして引き取っていただく。友人の両親で新聞紙、空き瓶、空き箱などすべて棄てないで溜め込む方がいて、亡くなった時もう若くもない娘が、それを棄てるだけで、厖大《ぼうだい》なお金と体力を使った。その話を聞いて深く反省したのである。

『安逸と危険の魅力』

いつまでも生きていたいと思わない

大一郎はいつの頃からか、自分の中にある一つの器官がぶっ壊れているのではないかと思うことがあった。それは、世の中の一切のことについて、それほどの執着が持てなくなって来たことであった。

美しい家も、うまい料理も大好きだが、それがなくても、それはそれなりの人生であった。極言すれば、大一郎は今、自分がガンだと言われても、それほど恐れたりじたばたしたりしないのではないかと思った。

もちろん、苦しむのは真平だから、末期には思う存分、マヤクを使ってくれることを、大一郎は医者に頼むであろう。しかし苦しみさえなければ死ぬことも、それはそれなりにいいことがあるのではないか、と大一郎は思いそうなのである。

この世は、言語に絶した悪いところでもないが、いつまでもいきていたいと思うほどいいところでもない。

『円型水槽　上』

静かに死ぬのが一番

私自身は衰えてきたら、小屋みたいなところで隠遁の暮らしをして「あの人、生きてるかどうかわかんないけど、そういえば一昨日は畑してたよな」みたいに過ごして、静かに死ねたら一番いいなとは思ってるんです。

『野垂れ死にの覚悟』

自分だけが不幸なのではない

生も一人だが、死も一人だということだけは明瞭にわかっている。そういう運命になった時、別に自分だけが不幸なのではない、と自分に言い聞かせる叡《えい》知《ち》を若いうちから持つようになることだ。

ただ人生は意外と優しいもので、一人で生きにくかったら、そうしなくても済むかもしれない方法が実はたくさん用意されていることを知っておいてもいいかもしれない。

『人生の選択』

明日、最期の日がきてもいいように

「明日、最期の日がきてもいいように、今日一日を自分らしく生きなさい。もう何も失うものはないのだから」

わたしにはパウロがそう言っているように聞こえます。

また、「この世の有様は過ぎ去る」ことについては、旧約の『詩篇』一〇三―一五～一六にわたしの好きな一節があります。

人の生涯は草のよう。
野の花のように咲く。
風がその上に吹けば、消えうせ
生えていた所を知る者もなくなる。

これからどこへでも一緒

母の葬儀は母の希望もあって極秘で家族だけで出しました。三浦朱門も家族の死によって世間に迷惑をかけてはいけないというので、死の翌朝、私は約束どおり講演会に行きました。非常に天気のいい土曜日の朝でした。私は心の中で「お母さまは今日から寝たきりじゃないわね。これからどこへでも一緒にいきましょうね」と言っていました。

『この世に恋して』

第十章

人生の優先順位を決める

上手に諦める

私はこの世のことに諦めだけはいいほうだと思っています。深い思想があってのことではありません。

ただ、この世はそもそも思い通りにならないものだと思い込んでいますので、深追いをしない、とか、効率が悪いものをいつまでもおっかけていてはいけない、とか、時が望まないものは頑張ってみてもだめだ、などと思うのがうまいのです。

『聖書の中の友情論』

目的は一つでいい

目的は常に一つくらいしか叶えられない。
一番大切なことから果たしていって、後は捨てることである。

『狂王ヘロデ』

運命に流されてみる

人生は「半分努力、半分運命」だと思っています。自分で「こうだ」と決めて努力すれば必ず実るという簡単なものではない。プラス面であれマイナス面であれ、運命に流されてこそ思いもよらぬ新しい世界へ連れて行って頂けるのではないでしょうか。だから私は逆らいません。

『歳をとるのは面白い』

やることの優先順位を決める

私も日によっては、何をするのもいやになることもあるし、一日中布団を被って寝ているときもあります。でも、そんなときは重病ではないので、横になってゆっくり本が読めるので、それはそれでなかなかいいのです。そうでないと、つい庭で花の世話をしたり、台所でごそごそ働いてしまう。これからは、ゆったりものごとを考えて生きていこうと思っています。

ですから私は、自分のやることに優先順位を決めます。たとえば、近い将来において、今年、一年間にどういうことをするか。近い順番に何をしたいかを考えます。先ほども申し上げたように、まずは片づけをする。それから、書くとすれば、エッセイを書かせていただくのもうれしいのですが、「悪について」の物語をまだまだ描き続けていきたいと思いますね。

『老いのレッスンII』

その日を楽しくする

私は、母と気が合わなかった父が家族に厳しい人だったので、その日を楽しくすることだけを、今、一番大切にしているんです。先のことはどうでもいいし、ましてや人さまの人生を私がどうすることもできない。まあ、相変わらず口の悪いことを言ったりしていますが、本質において、みんなができるだけ気持ちのいいところで暮らし、この古い家を大切にして、楽しくお茶を飲み、夜は早めのゆっくりお風呂に入り、ぐっすり寝て、それだけが私の今日の目的。夜は八時には床について、今日は終わり。朝は四時半ごろから目覚めて本を読んでいます。

『老いのレッスンII』

人間は死ぬ日まで、使える部分を使う

いまだに老人には、老後は趣味で遊んでいてもいい、もう何年も働いてきたのだから、そろそろ楽をしてもいい年齢だ、という甘い考えがある。その上、かつて社会にいた時には組織の重鎮だった人ほど、日常生活の自立は不可能な無能力老人になっている。病院に入れば、できることも自分でしない。入院費を払った以上してもらわないのは損だ、という精神的貧しさも加わっている。日本の現状でそんな人手はどこにもないことが、一流大学出の往年の秀才にも全くわからないのである。

人間は死ぬ日まで、使える部分を使って、自分を自分で生かすのが当然だ。車椅子になっても茶碗は洗える。歩ければ、軽いものなら他人の分まで買い物をしてあげられる。耳は遠くなっても料理はでき、視力がなくても洗濯はできる。

食べること、排泄すること、着替えなどの身の回りに必要なことを、何とか自分なりに工夫してこそ人間だ。それを早々とほうきする無気力な老人がいまや公害になっている。

『不幸は人生の財産』

自分の晩年がいつになるかは、誰もわからない

百歳を超えて長生きされる方も増えていますが、一方で十代の若さで亡くなる方もいます。自分の晩年がいつになるかは、誰もわからないのです。

確かに言えるのは、日々、「死までの時は縮まっている」ということです。それが明日なのか、何十年も先なのかはわからないけれど、常に「時は縮まっている」という感覚を持つと、それが今日一日を充実して生きる糧になるでしょう。

人間の暮らしは「出すと入れる」

下痢、発熱、咳、鼻水、発疹、膿、その他の症状が起きると、漢方の世界では、それは一種の治癒への道と思うらしい。体の中の異物で、排泄しなければならないものは充分に出すということが、治療の第一歩である。

そう言えば、人間の暮らしは「出すと入れる」でなり立っている。

呼吸も食物の摂取もそうだ。呼吸はよく吐かねば充分に吸えない。食べるだけ食べても、排泄が充分にできていなければ、必ず次の重大な支障に繋がる。

おそらくお金はもちろん、品物でも、幸運でも、愛情でも、この収支の関係がうまくいっていないと、必ず後で精神的病気になるように私は思うようになった。自分に要るだけの物は充分にいただくのだが、要らない分は人に分ける。自分が幸運だと思ったら、その運を少し分けるような機会を見つける。愛を受けたら、他の人にそのお返しをする。

世の中には自分の不運を嘆く人がいるが、その中には、取り込むだけで出すことと与えることを考えない人がかなりいるのだろうと思う。

それは「運が悪い」という人生に繋がるのである。


『不幸は人生の財産』

夜の時間を読書にあてる

私は、自分の心理が、小型の雪崩《なだれ》のように外界に影響を及ぼすことを恐れていた。私は夜の時間などに、友達に電話をかけることを自分に禁じた。寂しいから掛けたいのでもないが、実は朱門の死以来、私はあまりにも時間ができたので、びっくりしていたのである。

それまでの私は忙しくて、常に「片手間」に朱門の世話をしていると思っていた。世間の奥さんのように、ご主人の世話一筋にはやれない。締め切りがあれば、そちらが優先する。しかし病人の世話をみなくてもよくなると、私の時間は信じられないほど増えた。原稿はいくらでも書けた。

つまり理由は別として、私は「暇になった」のである。そうなると、夜、友達に電話する、ということを思いつくかもしれない。

しかし……と私は考えた。友人も、私が寂しいだろう、と思って相手をしてくれるだろうが、その手の甘えた時間のつぶし方は、何となくだらしなく思える。私は夜の時間の読書を回復した。あまり計画的とは言えなかったが、手当たり次第に読んだ。

週刊誌から神学の雑誌まで、読むものがあるということは幸せだった。雑誌は、あらゆることが書いてあるから雑誌なのだし、神学はその対極にある。まさに精神の平衡を保つにはちょうどいいように思えたのである。

『夫の後始末』

楽しい老人になれ

老人教育でもっとも必要なことは、接していて常に楽しい老人になれ、ということだろう。

老人はいつも明るく感謝をして、身ぎれいでなければならない。額に青筋を立て、暗い表情で、自分の病気の話と、身内の悪口しか話題がない老人の傍には、誰も近寄りたくないのが当然、ということを、改めて教える必要もありそうだ。

『不幸は人生の財産』

なるがままに生きる

私に限らず誰にせよ、やはりどんなものであれ、与えられた状況を、今年も生きるほかないのでしょう。私がまだ書き続けるほうがいいのなら、周囲の状況が自然に私を書く方へもって行ってくれるでしょう。

私が旅をすべきなら、旅が用意され、私が沈黙すべきなら、私は病気になるかも知れません。

私が死んだら、私はみじめな老後を体験しなくてすんだことを感謝すればいいのですし、私が生き続けるということは、まだ働け、ということなのだと考えることにしています。

『仮の宿』

年貢の納めどきは自分で決める

年貢の納めどき、という言葉を私は好きだ。人にもものにも、すべて限度がある。しかしそれは、自分で決定すべきで、それが自由人の選択である。他人にあなたはそろそろですよ、と言われることもない。

しかしいつまでもしがみついていることもない。

人間らしさと人間の尊厳は、生だけでなく、死についてもある。


『ほくそ笑む人々』

運命の半分は自ら作る

運命の半分は自ら作るものなのだ。半分の部分でたえず調節し、訓練し続けなければならない。自分は偉大な人物だから、どんなに人に迷惑をかけてもいい、と信じている人以外は、他人に迷惑をかけたくなかったら、訓練と節制をすることは、人間としての至上命令である。

『晩年の美を求めて』

忘れることで、穏やかな境地に達する

昔、流行作家だった知人がいた。

あちこちのテレビに出演し、その人の著書には大勢の固定ファンがついていた。しかしその人も次第に、今日が何日か、どんな会合がいつどこで行なわれるかもわからなくなって来た。

そんな状態が続くと、次第に仕事の「注文」も減って来たらしい。

私たちが一番気にしたのは、そうして忘れられることを、その人は悲しがっているのだろうか、ということだった。××社の編集者の○○さんは、どうして最近は電話もかけて来ないのだろうかと気にしていないだろうか。

編集者と作家は長い年月には、仕事のカウンターパートではなく、友達のようになるものだからだ。

しかしその人はものの見事に、過去の自分の暮らしぶりを忘れていた。だから退屈もなく、不安もなく、恨みもなく、期待もない、という一種の穏やかな境地に達していたらしいのである。

『夫の後始末』

適切に暮らす

もし地球上の人たちが、適切に食べ、適切な衣服を用い、適切な面積の住居に住もうという自制の精神を持ち合わせれば、地球上の飢餓、エネルギーの配分などの問題は、かなり解決されるだろう。
そして二十一世紀を幸福に生き抜くかどうかの知恵は、この自制が可能かどうかにかかっているような気さえする。

『七歳のパイロット』

この世で何を果たしてきたか

しかし、私は、死に定められた人間が何によって生きた意味を自覚するかといえば、それは残る人々のどんな役に立ったかということだと思っているのである。

つまり、幼子を育《はぐく》むとか、小さなことでも後輩に教えるとか、一食のご飯でも食べ損《そこ》ねている人に供するとか、着ている衣服が破れていたらそれを繕《つくろ》ってあげるとか、それらはすべて生につながる行為で、そのようなものをどれだけこの世で果たしてきたかによって、私はその人の生涯が満たされる度合いを測れるような気さえすることがある。

『人は皆、土に還る』

今日はこれだけする、という具体的な目標を持つ

年を取ったら、日々は合目的的であった方がいい。

今日はこれだけする、という具体的な目標があった方が、一日は満たされる。私は午前中にはこれだけの原稿を書き、昼食を済ませたら、午後は三時か四時まで休むということまで予定を立てている。

もっともこうした予定は狂っても少しも構わない。狂うと辛くなるようでは、私はもう末期的に老化しているのだと、まだ今は思えるし、人生はもともと予定が狂うものなのである。


『老境の美徳』

「忘れ去られる」という大切な運命

私は忘れられることが、少しもいやではない。

死者について、世間は日々うとくなり、やがてその存在すら忘れてしまう、という悲しみを持つようだ。つまり死者はもう「有効な者」ではなくなるという考え方である。

しかし私は昔から違う。死者は、死の瞬間から、偉大な任務に向かって働いている。それは「忘れ去られる」という大切な運命に加担し、その変化のために働いているということである。

日本語では「蛍の光、窓の雪」という歌詞になってしまうスコットランドの古民謡、

"Should auld acquaintance be forgot,
and never brought to mind?
Should auld acquaintance be forgot,
and days of auld lang syne?"

の歌の原本には隠された意味があるようでおもしろい。

「死者は忘れ去られ、
決して脳裏に戻らないものであってよかろうか」

原文はそうなるが、その文章の背後には、「死者は忘れ去られ、人々の脳裏にも戻らない存在になる」という厳しい原則が前提としてある。でも優しい人々の情は、いつまでもその人の存在を忘れないということなのだ。
しかしすべての人の世の理《ことわり》は「忘れる」という方角に動く。もしすべての人間が永遠に居残り、その存在自体もあらゆる人から忘れ去られなかったらどうなるか。新しい生きた有効な人物もその才能も、社会に入りにくくなるだろう。それは私の古い家に、昔ながらの家具が居すわっていて、その部屋が新しい目的のために使われねばならなくなっても、それに適応しないのと同じである。その家具がなくなってこそ、その空間が新しい要求に即応するのだ。

『日本人の甘え』

出典著作一覧

『完本　戒老録』祥伝社
『緑の指』PHP研究所（PHPエル新書）
『安逸と危険の魅力』講談社
（「私日記201」Voice 2016.10月号）
『社長の顔が見たい』河出書房新社
『平凡とは非凡な幸運』講談社
『悲しくて明るい場所』光文社
『曽野綾子の人生相談』いきいき
『誰にも死ぬという任務がある』徳間書店
（週刊現代2017.10.14／21合併号）
『ほくそ笑む人々』小学館
『苦しみあってこそ人生』海竜社
『狸の幸福』新潮社（新潮文庫）
『老いのレッスンⅡ』佼成出版社
『私日記7　飛んで行く時間は幸福の印』海竜社
『風通しのいい生き方』新潮社（新潮新書）
（清流2011.6月号）
『人間の愚かさについて』新潮社（新潮新書）
『日本人の甘え』新潮社（新潮新書）
『自分の顔、相手の顔』講談社（講談社文庫）
『想定外の老年』ワック
『人生の持ち時間』新潮社（新潮新書）
『日本財団9年半の日々』徳間書店
『揺れる大地に立って』扶桑社
『人生の選択』海竜社
『人生の醍醐味』扶桑社
『言い残された言葉』光文社（光文社文庫）
『中年以後』光文社（光文社文庫）
『思い通りにいかないから人生は面白い』三笠書房
『生きる姿勢』河出書房新社
『晩年の美学を求めて』朝日新聞出版（朝日文庫）
『人間関係』新潮社（新潮新書）
『ブリューゲルの家族』光文社
『老境の美徳』小学館
『七歳のパイロット』PHP研究所
（「昼寝するお化け」週刊ポスト2008.10.17）
『老いの僥倖』幻冬舎（幻冬舎新書）
『私日記6　食べても食べても減らない菜っ葉』海竜社
『歳をとるのは面白い』PHP研究所
『人びとの中の私』集英社（集英社文庫）
『夫婦のルール』講談社
『人間にとって成熟とは何か』幻冬舎（幻冬舎新書）
『心に迫るパウロの言葉』新潮社（新潮文庫）
『至福の境地』講談社（講談社文庫）
『老いの才覚』ベストセラーズ（ベスト新書）
『不幸は人生の財産』小学館
『辛うじて「私」である日々』集英社（集英社文庫）
『夫の後始末』講談社
『それぞれの山頂物語』講談社（講談社文庫）
『この世に恋して』ワック
『近ごろ好きな言葉』新潮社
『酔狂に生きる』河出書房新社
（週刊ポスト2016.2.12）
『不運を幸運に変える力』河出書房新社
『人は皆、土に還る』祥伝社
『円型水槽　上』中央公論社
『野垂れ死にの覚悟』ベストセラーズ
『幸せは弱さにある』イースト・プレス
『聖書の中の友情論』新潮社（新潮文庫）
『狂王ヘロデ』集英社（集英社文庫）
『仮の宿』KADOKAWA（角川文庫）

身辺整理、わたしのやり方
もの、お金、家、人づき合い、人生の後始末をしていく

2017年12月15日　初版第1刷発行
2018年4月1日　第7刷発行

著　者　曽野綾子

発行者　笹田大治
発行所　株式会社興陽館
〒113-0024
東京都文京区西片1-17-8 KSビル
TEL 03-5840-7820
FAX 03-5840-7954
URL http://www.koyokan.co.jp

装　幀　長坂勇司（nagasaka design）
校　正　結城靖博
編集補助　稲垣園子
編集人　本田道生
印　刷　KOYOKAN,INC.
DTP　有限会社ザイン
製　本　ナショナル製本協同組合

Printed in Japan
ISBN978-4-87723-222-1 C0095